틈

목차

두 개의 흉터

여기에 들어오고 난 뒤 3개월이 지났다. 5월이다. 가정의 달이다. 어린이날과 관련된 행사들을 준비하며 바쁜 시간을 보낸 덕에 업무에는 빠르게 적응할 수 있었다. 2층 단독주택이었던 곳을 리모델링한 이곳을 하루에도 수십번 오르락내리락거렸다. 아이들은 들떴고, 동료들은 큰 수술을 집도하는 신경외과 의사 마냥 날카로워졌다. 어린이날은 추석과 설날 그리고 크리스마스와 더불어 가장 많은 외부인들이 이곳을 찾는 날이었다. 색이 바랜 분홍 페인트가 악습처럼 묻은 건물의 현관에는 끊임없이 박스들이 쌓였다. 어린이날이 지난 뒤, 엄청난 수의 박스들이 창고에 옮겨지는 시간이 이어졌다. 활발하던 시간 뒤로, 내가 목격한 사건이 있었다. 내가 이곳에서 일을 하는 동안, 일어나지 않기를 바라던 일이었다.

'아동보호기관'. 내가 간신히 떠올릴 수 있었던 이름이었다. 신고를 해야 했다. 흔히들 고아원이라고 부르는 아동양육시설에서, 아동인권침해가 발생했으니 그 행위에 맞는 대처를 해야했다.

경찰을 생각하지 않은 것은 아니다. 하지만 이내 곧 나의 경험이 나를 말렸다. 대학생 시절, 지하철에서 내 뒤에 선 남자가 나의 엉덩이를 만졌다. 나는 간신히 신고를 할 수 있었다. 신고를 하고 나서 지하철 경찰대에 가는 도중 나는, 친구들이 내게 했던 말을 떠올랐다. 가끔 내가 무서울 때가 있다고. 그 무서움은 나쁜 무서움이 아니라, 내가 생각하기에 옳은 일을 하는데 주저함이 없는 그런 용감한 무서움이라고. 짧은 시간 안에 옳은 것과 그른 것을 판단하고 행동에 옮기기 까지 하는 내가, 친구들은 무섭다고도 했지만 멋지다고도 했다. 사실 나는 하나도 멋지지 않았다. 할 수 있기에 하는 것. 그뿐이었다. 어쩔 수 없는 일이라는 것이 밝혀지는 건, 언제나 시간이 지나서거나 한 번 겪은 뒤 기가 죽은 다음이었다. 쉽게 기대했고, 쉽게 실망했다. 이런 내 성격 탓에 남들이 보기에 다소 딱딱해 보인다는 인상을 주었다.

지하철 사건도 그랬다. 떨리는 마음을 붙잡고 지하철 경찰대에서 간단한 조사를 먼저 받았다. 그리고 한 달이 지난 뒤 경찰서에서 정식 피해자 조사를 받았다. 형사과의 남자 형사는 내게 물었다. 진짜 모르는 사람이에요? 다시 한번 생각해봐요. 한 사람의 인생이 걸린 일이에요. 나는 되묻고 싶었다. 그 인생이 내 인생인지 아니면 내 엉덩이를 움켜 쥐었던 그 남자의 인생인지. 나는 그때 경찰에 신뢰를 잃었다. 기소 의견으로 검찰에 송치된다 할지라도 남자의 나이가 어리고, 초범이며, 자신의 잘못을 크게 뉘우치고 있기에 무겁게 벌을 받아야 벌금이고, 아마 훈방 조치로 끝나게 될 것이라 무표정한 얼굴로 설명하는 경찰. 내가 할 수 있는 것은, 질문 : 처벌을 바랍니까? 대답 : 예. 처벌을 바랍니다, 라고 적혀 있는 조서 안의 내 말을 다시 한 번 읽고 서명을 하는 것 뿐이었다.

사회복지사가 부모가 없는 아이들을 지도하고 훈육하는 과정에서 벌어진 일이니 교육의 범주에 들어갈 수 있는 여지도 있지 않을까, 하는 생각이 스쳤다. 하지만 아무리 그렇다고 할지라도 한 번의 멈춤은 필요하다고 생각했다. 사회복지사인 나를 위해서가 아니라,

뺨을 맞아 귀에 피가 흐르고 있는 현주를 위해서, 였다.

부모가 없는 아이들. 세상은 내가 매일 마주하고 있는 이 아이들을 그렇게 불렀다. 생물학적으로 부모가 없는 사람이 이 세상에 존재할 리 없겠지만, 각자의 사정 때문에 부모가 양육을 포기한 아이들이 모여 있는 곳이 나의 직장이었다. 아이들은 다양했다. 아직 눈도 제대로 뜨지 못하는 신생아부터 몇 년 안에 이곳을 나가야 하는 고등학생들까지. 같이 밥을 먹고 잠을 자고 서로의 미래를 함께 그려보는 사이를 가족이라 할 수 있으면 가족이겠지만, 피 한 방울 섞여 있지 않은 사이, 누군가 임의로 지어준 이름이 평생의 이름이 되는 관계가 가족이라 부를 수 있을

지는 확신할 수 없었다.

현주는 자신의 왼손과 오른손 모두를 써 왼쪽 귀를 막고 있었다. 현주는 초등학교 2학년 여자 아이였다. 무표정으로 아무 말도 하지 않은 채 귀를 막고 서 있는 모습은, 마치 바닷가에서 소라를 주워 귀에 대어보는 모습과 비슷했다. 현주의 손 안에는 그 어떤 파도 소리도 들리지 않았을 것 같았다. 무표정한 얼굴이기는 했어도 웃을 때면 깊은 보조개가 생겨 누구에게나 사랑받을 아이였다. 다만 이곳이 진심이 담긴 현주의 미소를 받아드릴 수 있는 공간과 운명이 아니었던 것뿐이다.

무슨 일이 있었을까. 나는 아이들의 거주공간인 2층으로 올라오자마자 짝, 하는 소리를 들었다. 뒤이어 들릴 것이라 생각했던 울음소리는 들리지 않았다. 오히려 크게 들린 것은, 현주를 때린 사회복지사의 고함 소리였다.

"뭐하고 있어! 빨리 숙제해!"

11년째 근무하고 있는 동료의 입에서는 쇳소리가 섞인 목소리가 귀를 찔렀다. 없는 숙제라도 찾아서 해야겠다는 생각이 들 정도의 고함이었다. 나는 그 숙제를 찾았다. 동료의 오른손 끝에 피가 묻은 게 보였다. 정확히 말하면 손톱 끝에 예쁘게 장식된 큐빅에 피가 묻어 있었다. 현주는 저 손으로 뺨을 맞고, 저 큐빅에 귀가 찢어진 것이었다.

멍하니 서 있는 나를 보고 현주가 다가왔다. 그 몇 걸음 되지 않는 시간이 무거웠고, 참담했다. 현주는 살짝 고개를 들어 눈빛으로 말했다. 다쳤어요. 치료해 주세요.

현주는 여전히 울지 않고 있었다. 알고 있었다. 현주는 눈물을 흘리며 우는 것이 또 다른 체벌로 이어진다는 사실을 말도 하지 못하고 제대로 누워있지도 못할 순간부터 이런 사실을 배운 듯 했다. 내가 듣기로는 현주는 출산 직후 담요에 쌓인 채, 이곳의 문 앞에서 발견되었다고 했다. 그날의 CCTV에는 현주의 엄마로 추정되는 사람이 엉거주춤 걸어와 현주가 담겨 있던 담요를 내려놓고 다시 걸어 나가는 뒷모습이 찍혔다. 추운 겨울이었기에 푹 눌러쓴 모자에 가려 여자의 얼굴은 보이지 않았다.

현주의 귀는 크게 찢어져 있었다. 간단한 조치로는 귀를 치료할 수 있는 상황이 아니었다. 병원에 가서 제대로 된 치료를 해야 했다.

나는 일단 현주를 아무도 없는 방으로 데리고 들

어갔다. 이어 구급상자를 꺼내 와 알코올과 솜으로 현주의 귀를 간단하게 소독했고 지혈을 했다. 피는 잘 멎지 않았고 현주는 울지 않았다. 차라리 피가 멈추고 현주가 울었으면 하는 심정이었다. 이 상황을 해결해야 했다. 현주에게 말했다.

"현주야, 잠시만 여기 있어. 선생님이랑 좀 있다 병원 가자."
"..네..."

현주를 방에 두고 나는 다시 1층으로 내려왔다. 1층에는 사무실이 있었다. 사무실에는 운영과 회계를 담당하는 사무국장이 있었다. 박서희 사무국장의 성격은 온화한 편이었다. 박 국장은 처음에는 나처럼 아이들을 직접 돌보는 일을 하기 위해 4년제 대학을 졸업한 후 이곳에 들어왔다. 당시 사무국장의 출산휴가로 인해 공석이 생긴 사무국장 자리를 우연히 맡게 되어 지금까지 사무국장을 하고 있었다. 그리고 그녀가 사무국장이 된 이후, 이곳은 크게 발전했고 또 안정되었다고 들었다. 나는 그녀를 믿었다.

"..저.. 국장님. 안녕하세요."
"차 쌤, 안녕."
"갑작스레 죄송한데, 현주 귀가 찢어졌어요."

국장은 내 말에 큰 동요를 보이지 않았다. 마치 내가 화장실에 휴지가 떨어져서 비품 창고에 가서 가져올게요, 라고 말한 것은 아닌가 다시 생각해보아야 할 정도였다.

"응? 어쩌다가요?"

"그게 희정 쌤한테 맞아서 찢어진 것 같아요. 저도 제대로 본 건 아니지만.."

"에이.. 설마요. 희정 쌤이 그럴 사람이 아닌데. 내가 희정 쌤을 몇 년을 봤는데."

"네..?"

"일단 알겠으니까, 현주 한 번 데리고 와봐요. 한 번 보기는 봐야겠네."

"네.. 바로 데리고 올게요.. 그리고 병원.."

"아, 일단 데리고 내려 오라구요. 무슨 말인지 알겠다니까?"

"네.."

현주의 얼굴에는 여전히 눈물 발자국은 보이지 않았다. 나는 현주의 손을 가볍게 쥐어 잡고, 1층으로 내려왔다. 현주의 귀에 붙인 거즈에 피가 흥건히 고여 있었다. 국장은 현주의 얼굴도 제대로 보지 않고, 획 하고 돌려세우곤 간신히 붙어 있는 밴드를 뗐다. 금방이라도 피가 떨어질 것 같았다. 현주는 따가

울 텐데 찡그리지 않았다. 국장의 표정이 애매했다. 내가 소독을 할 때 본 상처는 피부가 찢어져 귀의 하얀 연골까지 보일 정도였다. 이 상처를 보고도 설마 국장은 괜찮다, 하고 넘길까. 국장은 다시 밴드를 손가락에 힘을 주어 현주의 귀에 붙이며 내게 말했다.

"... 이 정도면 금방 아물겠네. 큰 일 아니네."

"네? 뭐라구요?"

"못들었어? 내가 여기 오래 있어서 아는데, 애들 장난치거나 하다 보면 꽤 많이 이렇게 다쳐서 와. 시간 지나면 나을 테니까. 애 다친 부위 소독이나 잘 해줘요. 그리고 강희정 선생님 좀 불러줘."

"일단 병원에 먼저 데려가야 하지 않을까요?"

"병원 안가도 괜찮다니까. 왜 계속 말을 반복하게 할까? 애들은 금방금방 나아. 그리고 차.혜.지. 선생님. 병원 가는 일이 선생님 생각만큼 간단한 일이 아니에요. 아시겠어요? 도대체 내가 어디까지 가르쳐야 되는 건지 모르겠네."

"국장님, 무슨 말을 하시는 건지.."

"그래그래. 차 쌤 무슨 말 하고 싶은건지 알겠는데, 일단 강 쌤 좀 데려오라니까? 내가 상처 봤잖아? 그리고 강 쌤이 때려서 그렇게 된 거 같다며? 그러니까 강 쌤 이야기 좀 들어보자? 응?"

"네.. "

강희정 선생님에게 국장이 찾더라는 이야기를 전했다.

"국장님이 왜 나를 불러요?"

"아 그게.. 금방 현주 귀에 상처가 좀 크게 난 것 같길래.."

"근데요?"

"병원에 데려가야 하지 않나 말씀드렸어요."

"네? 뭐라구요? 그걸 왜 차 선생님이 판단해요? 지금 여기 담당 나잖아요!"

"저도 같이 근무하고 있는 시간이라 저한테도 책임이.."

"지금 책임이라고 그랬어요? 현주 병원 데려가서 문제 생기면 그것도 차 선생님이 책임질 거에요?"

"아니요. 그런 의미가 아니라 현주가 다쳤으면 치료를 해야 하는데, 강 선생님 가만히 계시길래.."

"그러니까 지금 제가 뭘 잘못했다는 거죠?"

"네? 아니, 그, 그게 아니라요.. "

"그럼 뭐에요! 안그래도 애들 때문에 스트레스받는데, 차 선생까지 왜 이래요!"

"그래도 일단 먼저 국장님께 가서 이야기를 다시 한 번.."

"알겠다구요. 아, 진짜 오랜만에 신입 들어왔다고 좋아했는데, 엄청 귀찮은 사람이 왔네. 아, 짜증나!"

"...."

나는 국장이 있는 1층으로 내려가는 강 선생님의 뒷모습을 보며 서 있었다. 서늘한 기운이 느껴졌다. 지나치게 조용했기 때문일까. 얼굴을 돌려 강 선생님이 있던 공간을 보았다. 숙제를 하던 손을 멈추고 일제히 나를 지켜보고 있는 열다섯 명의 여자 아이들 얼굴. 나는 놀랄 수 밖에 없었다. 그 누구의 얼굴에도 표정이 없었기 때문이었다. 거짓된 웃음이라도 지어주었던 그 얼굴들이 그리워졌다.

아이들이 일종의 연기를 했던 것은 아닐까 생각하기도 했다. 봉사자가 오면 어떻게 행동해야 하는지, 봉사자들이 오기 전부터 아이들은 몇 가지 지침들을 들어야만 했다.

무조건 웃을 것. 무언가를 사달라고 하지 말 것. 남자는 여자 봉사자의 신체에 밀착하지 말 것, 여자는 남자 봉사자들의 품에 안기지 말고 하반신의 어느 부위든 밀착하게 된다면 바로 거리를 둘 것. 헤어질 때는 아쉬워하며 다시 와 달라고 할 것. 그리고 외출하는 날에는 선생님들이 나눠주는 옷을 입을 것.

그날 나눠주는 옷들은, 시설에 있는 옷 중에서 가장 낡고 헤진 것들로 선택되었다. 그래야 봉사자들이 아이들을 불쌍하게 생각해서 기부금을 주거나 물품을 더욱 많이 후원해주기 때문이라 했다. 처음 저

지침들을 들었을 때 황당무계할 뿐만 아니라 인권 침해의 소지가 있는 지침이라고 생각했다. 아이들의 감정을 통제하고, 마치 마리오네트처럼 움직이길 바라는 지침이었다.

아이들은 저 원칙에 의해 수시로 무너져 내렸다. 봉사자들과 놀이동산 나들이를 다녀온 5살 여자 아이, 수희가 있었다. 야간근무였던 내가 수희가 잠자는 '희망방'에 들어갔을 때 수희는 모든 옷을, 심지어 팬티까지 다 벗은 채로 서 있었다. 수희가 나들이 중 남자 봉사자에게 잠시 안겼다고 했다. 동료는 수희를 정신없이 흔들며 말했다. 벌써부터 이렇게 남자를 밝히면 어떻게 하냐고, 남자가 좋으면 나중에 어떻게 되는지 아냐고, 이러니 너희 엄마가 너희 아빠 잘못 만나서 너 낳은 거 아니냐고. 5살의 여자 아이가 들어도 괜찮은 걸까 싶은 이런 말들을 맨몸으로 그리고 맨 마음으로 받아내는 수희는 펑펑 울고 있었다. 잘못했다고 두 손 모아 비는 작은 손이 바빠 보였다. 잘못했어요, 다시는 안그럴게요. 한 번만 용서해주세요. 수희는 고장난 스피커처럼 같을 말을 되풀이하고 있었다. 그리고 수희의 양옆으로 20명의 여자 아이들이 자는 척, 듣지 않는 척, 놀라지 않은 척 누워있었다. 방 안은 어느새 눈물의 냄새로 가득찼다.

강 선생님이 1층으로 내려간 후, 아이들은 여전히 조용했다. 나를 잠시 바라보던 아이들은 그날 학교에서 내준 숙제에 다시 눈을 돌렸다. 어느새 현주도 자신의 책상에 앉아 피에 흥건히 젖은 거즈를 그대로 붙인 채 숙제를 하기 시작했다. 핏방울이 거즈에서 곧 흘러 떨어질 것만 같았다.

발자국 소리가 들렸다. 돌아보니 강 선생님이 씩씩거리며 올라오는 게 보였다. 강 선생님이 현주를 불렀다.

"야, 김현주! 이리 와봐!"
"..."
"귀 아파? 아프냐고!"
"... 아니요.."
"너 분명 안 아프다고 그랬다? 국장님이 너 부르면 똑같이 이야기 해! 알겠어?!"
"... 네..."
"가서 숙제 해! 어서!"

자기 자리로 돌아가는 현주의 귀에 붙은 거즈에서 붉은 피 한 방울이 똑, 하고 아이의 옷에 떨어졌다.

...

2주일이 지난 뒤 아동보호기관에서 조사를 나왔다. 현주의 귀가 찢어진 그 날 집으로 돌아와 24시간 직통 전화번호로 신고 전화를 걸었다. 그 시간 이후 나는 '피가 마른다'는 것이 결코 거짓된 표현이 아님을 느꼈다. 출근하는 길에 가슴이 심하게 뛰었다. '오늘 아동보호기관에서 찾아오면 나는 어떻게 대처를 해야하지.. 내가 야간이었을 때 찾아왔던 건 아닌가. 만약 그렇다면 다들 이렇게 나를 아무 일 없다는 듯이 대하는 건 좀 이상한데..' 나는 혼자 천 가지, 만 가지 생각들을 하며 앞으로 내가 겪게 될 시련들에 대해 생각했다. 매일 밤 뒤척이는 날들이 이어졌다. 이렇게 살다가 신경쇠약에 걸려 죽을 수도 있겠구나 싶은 2주였다.

두 명의 아동보호기관 조사관이 시설에 방문했을 때, 나는 1층에서 초등학생 아이들의 하교를 돕고 있었다. 원칙상 절차를 지키기 위해 사전에 연락은 하지 않았던 모양이었다. 하지만 나는 곧 실망했다. 절차는 완벽한 듯 보이지만, 사람은 결코 완벽하지 않았다. 내게는 인사를 하는 둥 마는 둥 하고 지나갔던 조사관들 중 한 명이 국장한테 하는 이야기를 들었다.

"아, 누나. 태호 형이 이런 걸로 우리 좀 오게 하

지 말라던데? 우리도 바빠. 진짜 귀찮게 왜 이러냐."

시간이 지나 알게 된 일이었지만, 내가 일하는 이 곳의 박서희 사무국장과 아동보호기관의 이태호 사무총장은 같은 대학교 사회복지학과 선후배 관계였다. 그리고 조사하는 날 시설을 찾아온 두 명의 조사관 역시 사무국장의 후배였다.

조사관이 오고 난 뒤, 국장은 하교를 돕고 있던 나와 아이들을 서둘러 2층으로 올려보냈다. 내 뒤로 사무실의 나무 빛깔 문이 닫히는 게 보였다. 2주간 나의 모든 피가 다 말라 버린 줄 알았는데 아니었다. 얼굴이 순식간에 붉은 빛을 띠었고 심장은 쿵쾅거리며 뛰기 시작했다. 그리고 그날 강희정 선생님은 그 자리에 없었다. 야간 근무였다.

긴장을 한 탓인지 시간이 빠르게 흘러간 듯 했다. 조사관들을 분주히 조사를 하며 사건을 알아내기 위해 여러 보고서를 읽거나 필요하다면 현주도 만나봐야 했을 것인데, 얼마 지나지 않아 차가 떠나는 것 같은 느낌이 들었기 때문이다. 시간이 꽤 걸릴텐데.. 최소한 한 시간의 조사는 이루어졌겠지 하며 시계를 보니 10분이 지나 있었다. 조사관들은 현주를 부르지도 않았다. 2주 전 내가 국장에게 현주를 병원에 데려가야 한다고 말했던 날, 국장은 보고서를 작성해

놓았다고 들었다. 이 이야기 역시 직접적으로 들은 것은 아니었다. 조사관이 방문한 다음 주 전체회의 시간, 현주가 숙제를 하며 철제 자를 가지고 놀다가 귀를 스스로 찢었고 누군가 그걸 오해해 아동보호기관에 신고를 했었다는 국장의 보고서를 읽을 수 있었다. 현주의 상처에 대한 보고서는 공식적인 효력을 가지고 있었고, 보호기관에서도 국장의 도장과 원장의 직인이 찍힌 그 보고서를 채택했다 했다.

현주의 상처는 이미 아물어 있었지만 다시 병원에 가 치료해야 했다. 보호기관이 병원에 데려가서 제대로 치료를 받을 것을 권고했기 때문이었다. 그것이 절차라고 했다. 병원에 데리고 간 현주는 멀뚱히 앉아 있었다고 했다. 아무런 치료도 하지 않았지만 비용은 지불되었다. 비용에 대한 영수증을 첨부해 보고해야 했다. 그것도 절차라고 했다.

또 하나의 절차가 진행되었다. 그 대상은 나였다.

'아동 접근 금지'. 3교대는 더 이상 할 필요가 없어졌다. 전체회의 직후부터 나의 업무는 국장의 옆자리에 앉아 후원 물품 및 후원자 관리, 시설 물품 관리 및 시청 대응을 하는 것이 되었다. 아동보호기관에 신고한 사람을 찾아낼 필요조차 없었다. 내가 생각해도 신고자는 나일 수 밖에 없었다. 나를 제외한 동료들은 최소 5년 이상 근무한 사람들이었다. 동료들은 자신의 일자리를 지키기 위해 마치 하나의 몸이 된 것처럼 행동했다. 아이들은 다루는 대상, 관리하는 대상에 불과했다.

옳은 일을 하는데 주저함이 없는 성격. 이것이 내게 던진 또 하나의 과제였다.

내가 배운 것, 내가 느낀 것, 내가 지향하고자 하는 것들을 지켜 내기 위한 도전. 하지만 그 도전은 처참히 실패했다. 나는 아이들을 위해 이곳에 왔지만 접근할 수 없게 되었다. 내가 아이들을 만나고 싶다고 해도 아이들이 나를 만나주지 않았다. 심지어 인사조차 하지 않았다. 아이들의 의지로 나를 만나지 않는 것이 아니라는 사실은, 입이 가벼웠던 한 아이가 상냥한 얼굴로 이야기해 줘 알 수 있었다.

"선생님들이 혜지 쌤이랑 이야기하지 말라고 그랬어요!"

웃으며 전하는 이야기에 아이들 앞에선 그렇구나, 하고 건조하게 대답했지만 퇴근 후 돌아온 집은 눈물 닦은 휴지로 난장판이 되었다. 마치 상처를 소독하기 위해 필요한 것이 눈물인 것처럼 내뱉고 내쏟았다.

사무국장 옆자리에서 하는 일은 어렵지 않았다. 후원자를 정기와 일시로 구분하고, 후원 물품은 기관 후원물품과 개인 후원 물품을 나누어 정리했다. 이 과정에서도 도전의 기회들이 있었다. 후원 물품으로 들어온 특등급 한우의 반 이상이 원장의 퇴근길에 들려 나갔다. 후원품으로 가득 찬 창고를 정리하는 중에는 신생아 100명이 10년은 넘게 써도 될 만큼의 기저귀가 나왔고, 양문형 냉장고 두 대, 김치냉장고 3대가 나왔다. 모두 새것들이었지만 창고에 방치된 지 5년 이상이 되어 지금은 신상품이라고 할 수 없는 냉장고들이었다. 냉장고 박스에는 이것들을 후원준 기업들이 붙인 스티커가 색이 바래 붙어 있었다.

나는 의문을 품지 않을 수 없었다. 사무국장은 내게 아무런 거리낌 없이 시설 운영의 허점이 드러나는 서류들을 보여주었고, 냉장고와 같은 후원 물품을 내가 알아서 중고 매장에 팔도록 지시했다. 그리고 그것들을 판매한 돈을 직원들이 함께 하는 회식에서 쓰도록 장부를 만들라 지시했다. 회식에는 반드시 참여해야 했으므로, 이 회식 비용이 어떻게 형성된 것인지 아는 나도 일종의 공범이 되었다. 그렇게 나는 길들여졌다. 그것이 사무국장이 의도한 것인지, 의도하지 않은 것인지 더 이상 궁금하지 않았다. 나는 쉽게 기대했지만, 쉽게 좌절했다.

나의 업무가 변한 것 말고 아무런 변화가 없었던 것은 아니었다. 강희정 선생님이 사직서를 냈다. 현주는 자신이 담당하던 아동이었고, 그 아동이 다친 것은 자신의 책임이 크며 또한 보호기관의 조사까지 이뤄진 것에 대해서 책임을 지기 위해서라고 했다. 강 선생님의 사직은 반려되었다. 그 다음 주의 전체회의에서 말이다. 동료 복지사 선생님들이 사직을 말렸다. 나까지 사무직으로 업무가 변경된 마당에 강 선생님까지 그만두면 두 명 선생님의 공백이 생기고 자신들의 업무가 일시적으로 가중된다는 이유였다. 사무국장은 동료 복지사들의 의견에 찬성했고, 어머니의 자리를 물려받은 원장은 사무국장의 뜻에 따르겠다고 했다. 나의 상처는 더 이상 상처가 아니었다. 주위 피부보다 딱딱해진 흉터로 남았다. 다행이었다.

...

"안녕하세요!"
"어, 안녕! 학교 다음 주에 방학 맞지?"
"네! 방학 빨리하면 좋겠어요!"
"그래? 방학하면 집에만 있어야 되는데?"

"그래도 좋아요!"

"하하, 그래. 이따 저녁 먹을 때 보자!"

"네. 선생님!"

1년이 지났다. 그날이 있은 후 정확히 1년하고 2주일이 지났다. 업무가 바뀐 이후 6개월 동안 인사를 하지 않던 아이들도 다시 인사를 하기 시작했다. 아이들은 내게 웃음을 보이고 있었고, 나도 아이들에게 환한 미소로 답했다. 서로에게 가장 적합한 연기를 선보였다. 대본도 관객도 없는 연극에서 각자의 역할에 맞는 모습을 연기했다. 나는 아이들을 만나는 일이 솔직히 귀찮아졌다. 불쌍한 아이들임은 분명했다. 불쌍하기는 하지만, 내가 일반 가정에서 커가며 겪어야 했던 부모의 불화에 대한 감정적 흔들림과 진로에 대한 고민을 이 아이들은 할 필요가 없어 보였다. 나라에서 주는 돈으로 먹고 자며, 고등학교를 졸업한 이후에도 시설아동들을 위한 취업 프로그램에 들어갈 수도 있었고, 대학을 가고자 한다면 전액 장학금을 받으며 입학할 수 있었다. 나는 가끔이 아이들이 부러워지기도 했다.

아이들은 관리의 대상일 뿐이었다. 시청 복지과에서는 시설의 수용 능력과 관계없이 새로운 아이들을 보냈다. 어딘가 버려지듯 놓여 있던 신생아들과 부모의 이혼으로 기르기를 포기한 아이들, 갑작스런 부모의 죽음으로 갈 곳이 없어진 아이들, 가세가 급격히 기울어 아이 한 명도 제대로 기를 수 없는 환경에 처한 가족 중 가장 약한 고리이기에 가장 먼저 버려진 아이들 등 일일이 열거하기도 힘들 정도로 다양한 사연을 품고 아이들은 끊임없이 들어왔다. 우리 같은 시설 측에서는 아이들을 거부할 명분도, 그럴 이유도 없었다. 복지대상 아동 한 명은 우리 시설에 한 명 분량의 보조금을 가져다 주었다.

신생아들은 이름도 없이 들어와서 이름을 만들고, 출생신고를 했다. 아이들의 성은 '하'나 '석'이 되는 경우가 많았다. 기독교 재단이나 설립자 혹은 이사장이 교회를 다니는 곳에서는 하나님/하느님의 아이들이라는 뜻으로 성을 '하'로 지었고, 불교 재단에서는 부처님의 이름이었던 '석가모니'에서 그 성을 빌려왔다. 형제도 자매도 아닌 아이들이 같은 성을 갖게 되는 모습은 쉽게 익숙해지지 않았다. 부모가 이혼한 가정에서는 한 달에 두 번, 아이들을 보러 오기도 했다. 그래서 주말이면 외출을 나가는 아이들이 종종 있었는데, 하나 같이 부모와 헤어지고 돌아온 밤이면 말수가 적어졌다. 그리고 시간이 흐름에 따라 아이들의 외출도 적어졌다. 아이들은 결코 완성되지 않을 그림을 그리는 화가처럼 온전한 미래를 포기했고, 부모 혹은 부모 중 한 명은 볼 때마다 쑥쑥 성장해나가는 아이들을 어색해했다. 자식을 버린 부모가 느꼈을 것이 분명한 감정, 직접 키우지 않아도 아이들은 잘 클 수 있구나 하는 사실과 오히려 이곳이 자신의 아이가 행복하게 살 수 있는 공간이라는 감정은, 안도감과 동시에 더 이상 자신의 아이가 아니라는 사실을 확신할 수 있는 용기를 가져다 주었다.

사람들은 우리를 보고 천사라 불렀다. 부모가 없는 아이들을 보살피는 일이 쉽지 않은 것은 물론이고, 적은 임금을 받으며 많은 아동들을 상대하는 일도 힘들 테니 숭고함이 느껴진다고 했다. 사회가 우리를 어떻게 보는지는 모두 알고 있었다. 아이들은 불쌍했고, 우리들의 일은 나날이 성스러워졌다. 내가 보기엔 어린이집 선생님이나 유치원 선생님들이 더욱 힘들어 보였는데 말이다. 어린이집이나 유치원에 다니는 아이들은 부모가 있는 아이들이다. 아이에게 조그만 상처가 생기거나 어두운 표정으로 집으로 돌아간 날에는 부모로부터 항의 전화를 받아야 한다. 우리는, 그런 전화를 할 사람을 갖지 못한 아이들이 모인 곳이었다. 시설 아이들에게 우리가 곧 부모였고, 구원자이자 형을 집행하는 집행관이었다.

여름에는 시원했고, 겨울은 따뜻했다. 그리고 더 이상 자신들의 앞에서 다투는 부모를 볼 이유도 없었고, 알코올 중독인 아버지의 매를 맞을 이유도 없었다. 삼시 세끼 밥은 영양사의 지도 아래 균형 잡힌 영양을 섭취할 수 있었다. 간식은 끊임없이 들어오는 후원물품으로도 충분했기에 우리 같은 사회복지사에게 아양을 떨면 언제든지 먹을 수 있었다. 아이들은 배가 부른 듯 보였지만, 아무도 살찌지 않았다. 단 한 명도 과체중인 아이는 없었다. 나는 입사 초기 그것이 사랑이 담기지 않은 식사의 한계인가 싶기도 했지만, 사실은 아이들은 늘 긴장해 있었기 때문이었다. 정해진 시간 내에 밥을 먹어야 했고, 먹기 싫은 반찬도 다 먹어야 했다. 반찬을 남기기라도 한 날에는 끝까지 남아 그 반찬을 다 먹을 때까지 벌 같은 식사를 하는 경우도 있었다. 먹기 싫어서 모두 한 그릇에 잔반을 모아둔 것이 걸렸을 때는, 그것 모두를 먹어야 하는 날도 있었다. 아이들은 그런 식사를 마친 날에도 두 손 모아 우리에게 감사를 표시해야만 했다. 아이들은 별 탈 없이 평균의 신장과 평균의 체중으로 성장해 갔다.

왕의 동료가 된 기분이었다. 선생님들은 아이들에게 자신들이 해야 할 일들을 시켰다. 빨래부터 청소까지, 모두 중고등학생 아이들이 해내고 있었다. 사회에 나가기 전에 미리 시키는 연습이라고 했다. 교육의 일환이라 하기도 했다. 아이들이 청소를 하고 바닥을 걸레로 닦고, 세탁기에 빨래를 돌리고 너는 동안 선생님들은 자리에 앉아 후원 물품으로 들어온 과자를 먹었다.

나도 그 옆에 앉아 마침 옆을 지나가던 현주에게
따뜻한 커피 한 잔과 커피와 함께 먹을 에이스 과자
를 가져오도록 시켰다.

초등학교 3학년이 된 현주의 왼쪽 귀에는 보기 흉
하게 아문 상처가 보였다.

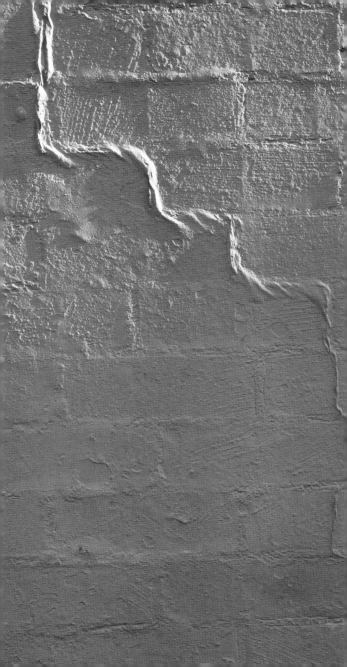

신블리

1.

"안녕하세요. 주문하시겠어요?"

"아, 네. 안녕하세요. 아이스 아메리카노 주세요."

"네, 3500원입니다. 카드 결제신가요?"

"네. 여기요."

"카드 받았습니다."

"..."

"카드 여있습니다. 자리에 계시면 커피 가져다 드리겠습니다. 고맙습니다."

"네.. 근데.."

"네, 손님."

"혹시 김현지.. 아냐?"

"누구..? 아!"

"현지 맞구나. 너 속초 계속 있었구나! 진짜 오랜만이다!"

"... 네, 손님."

2.

쉬는 주말이다. 아직 본격적인 성수기가 시작되기 전이니까 일반 직장인들처럼 주말에 쉬지, 성수기 시작하면 휴일이나 있을까. 사장님은 또 시급 2배를 준다며 성수기에는 쉬지도 못하게 하고 일을 시키겠지. 속초 해수욕장에서 가장 가까운 카페.. 는 아니고 걸어서 10분이나 걸리는 거리의 카페인데도 여름에는 눈코 뜰 새 없이 바쁘다. 공영 주차장이 근처에 있어서 그런가. 대형 프랜차이즈 카페도 아니고, 조그만 카페인데 손님들은 끊임없이 커피를 마시러 들어온다. 여름 한 철 장사라고 하기엔 봄 바다, 가을 바다 그리고 겨울 바다... 를 보러 오는 사람들 덕분에 장사는 잘된다. 장사가 잘되어서 나에게 돌아오는 이익은 잘리지 않을 것 같다는 희미하지만 강한 확신. 정직원이라고 하지만 정년을 보장받는 건 당연히 아니고, 물론 나도 정년까지 여기서 일할 생각은 없고. 고향이니, 집에서 가까우니, 딱히 뭘 하고 싶은지 모르겠으니, 일단 여기서 뭉갤 수 밖에.

사람들은 다들 바다가 좋은가 보다. 어릴 적부터 보던 동해 바다라 그런지 나는 별다른 감흥이 없다. 넓다. 푸르댕댕하다. 누가 저기 빠져도 아무도 모르겠다. 이 정도의 감흥도 감흥이라고 할 수 있다면 감사하겠지만, 그래도 최근 나름 바다에 애정이 생겼다.

플로깅이라고 하는 걸 시작했다.

한 달 정도 된거같다. 뭐 북유럽의 어느 나라에서 시작되어.. 마치 '행운의 편지'처럼 '이 편지는 영국에서 시작되어..' 이런 느낌의 설명이 많았지만 그건 난 잘 모르겠고. 그냥 쓰레기를 주우며 걷거나 운동하는 것. 이 정도로 이해했다. 그리고 나는 그 플로깅을 속초 해수욕장에서만, 한다.

두 번의 쉬는 날 중 먼저의 하루 중 오전. 이 시간이 내가 정한 플로깅의 시간이다. 특별한 사정이

있거나 비가 오거나 눈이 오거나 성수기라 쉬는 날
이 없거나 하지 않으면 최대한 지키려고 노력한다.
별다른 준비물은 필요 없다. 쓰레기를 담을 검은 봉
투, 날카로운 것을 줍다 다칠 수 있으니 끼는 두터
운 장갑 그리고 햇살과 무엇보다 얼굴을 가릴 챙이
넓은 모자.

　해변 끝에서 끝까지 왕복 3시간 정도를 다녀오
면 살갗과 닿는 첫 면 속옷은 땀에 절 듯 젖었다. 딱
운동으로 다녀오기 좋은 시간. 그리고 보람을 느끼
기에도 좋은 활동이다, 나는 생각했었다. 혼자할 때
까지만 해도.

　3.
　"잘 지내고 있었어? 너 속초 계속 있는 줄 알았으
면 연락해볼걸 그랬네."
　"난 뭐.. 근데 너 서울 올라가지 않았어?"
　"그랬지. 그랬는데 난 아무래도 속초가 좋은가
봐."
　"그래? 너 학교 다닐 때 속초 지긋지긋해서 싫다
고 그랬던 거 같은데."
　"어머, 얘가. 내가 언제 그랬니."
　"…"
　"여튼 반갑다. 야. 나 그래도 다시 온 지 1년 넘었
어. 그리고 여기서 나 꽤 유명한데."
　"유명하다고? 왜?"

"아, 나 인스타그램에서 속초 인플루언서로 활동하고 있잖아."

"인플루.. 뭐?"

"얘는 참. 인플루언서 몰라? 자, 여기 봐. 내 인스타그램 팔로워수."

"...?"

"나 팔로워 5만 명. 이게 무슨 뜻인지 모르나 보구나, 넌."

"그게 무슨 의민데?"

"내가 뭘 마시고, 뭘 먹고, 뭘 입고, 뭘 하는지가 많은 사람들한테 영향을 미친다는거야. 그래서 인.플.루.언.서."

"그래? 좋겠네."

"당연히 좋지. 나 여기에서는 김태희, 전지현 안 부러워. 돈도 벌고."

"그래. 알겠어. 다른 이야기 하면 안돼? 오랜만에 만났는데."

"듣기 싫은가 보구나. 그래. 미움 받을 용기도 필요하다고 심리학자가 그랬어. 넌 나를 미워할 수 있지만, 난 나를 미워하지 않으니까."

"... 뭐래?"

"있어. 넌 말해도 몰라. 미움 받을 일이 없는 네가 부럽다. 참, 너 쉬는 날 없어?"

"쉬는 날? 왜?"

"아, 중요한 건 아닌데.. 내 사진들 보면 알겠지

만, 이 사진들 내가 직접 찍은 건 아니거든."

"니가 찍은게 아니라고?"

"응. 내가 찍은게 아니라 사진사 같은 사람이 찍어준거야. 막 전문적인 사진사는 아니고, 그냥 나 따라 다니면서 내 사진 찍어주고 동영상 찍어주고 하는 사람."

"근데?"

"원래는 이번 주말에도 해수욕장 나가서 사진 찍고 동명항 어시장 가고 그러려고 했거든. 근데 사진 찍는 사람이 이번 주말에 다른 일이 생겼대. 그래서.."

"니가 고용한 사람인데, 다른 일 생겼다고 안 와?"

"아, 일로 하는 사람 아냐. 그냥 나 좋다고 따라다니는 사람. 여잔데, 일종의 내 팬?"

"그래? 근데? 그 이야기를 왜 나한테 해?"

"아, 그래서.. 너 혹시 주말에 쉬면 나랑 같이 해수욕장 나가서 나 사진도 좀 찍어주고 그러면 안돼?"

".. 우리 꽤 오랜만에 만난거 아냐? 근데 갑자기 이런 부탁을 한다고?"

"야, 또 섭섭하게 뭐 오랜만이다 이런 이야기를 하냐. 속초에 아는 사람이 얼마 없어서 그래. 그냥 아무나 오세요, 하면 누가 나올지 어떻게 알아. 변태 새끼가 나올지, 납치범이 나올지. 근데 넌 내가 알잖아. 그러니까..."

"주말에 바빠."

"주말에 바빠?"

"응. 주말에 바빠."

"왜? 뭐 배워?"

"아니."

"그럼?"

".. 내가 주말에 뭐하는지 너한테 말해줄 의무가 있을까요. 손님."

"또 말 섭섭하게 한다. 그냥 궁금해서 묻는거야. 도와달라고 안할게. 됐지?"

".. 주말에 플로깅 해. 속초 해수욕장 해변 걸으면서 쓰레기 줍는거야."

"플로깅? 그런게 있어? 잠시만."

"뭐해?"

"아, 인스타그램에 검색해보는.. 아! 야! 이거 나도 하자! 나도 할래!"

"뭐라고? 갑자기?"

"응. 이거 나 할래. 이거 대박이잖아. 이거 해야 겠어."

4.

'신블리'로 활동한다고 했다. 하도 이야기를 하길래 인스타그램에 들어가서 계정을 찾았다. 내 눈 앞에 앉아 있던 신지숙, 아니, 그러니까 신블리와는 다른 사람의 사진이 가득했다. 카페에서 처음 만났을 때는 사진을 자세히 못봤는데, 자세히 보니 그냥 다른 사람 같았다. 포토샵인가 뭔가의 효과려나. 아니면 요즘에는 보정이 자동으로 되는 어플이 있으니 그걸 썼으려나.

앞으로 나와 함께 플로깅을 할 것을 예고하는 게시물도 있었다.

안녕하세요 ^^ 여러분.

이번 주말에 저 '신블리'가 플로깅에 도전해보려고 합니다 ^^

'플로깅'이라는 말 아시나요?

플로깅은 스웨덴에서 시작한 조깅하면서 쓰레기를 줍는 운동이랍니다!

저 신블리도 처음인데 제가 가진 선한 영향력으로 제 고향 속초 바다가 깨끗해졌으면 좋겠어요 ^^

여러분 응원 감사해용 ^^

#신블리 #플로깅 #해양정화 #인플루언서 #광고문의 #협찬문의 #DM

그런가 보다. 응원이 감사한가 보다.

5.

"이렇게 일찍 시작한다고?"

신블리는 속초해수욕장 입구 쪽에 "SOCKCHO"라고 영어로 적힌 조형물 앞에서 만나자 마자 짜증을 냈다. 오전 10시. 일찍이라고 하기엔 너무 늦은 시간 아닌가. 나 혼자였으면 벌써 1시간동안 플로깅을 했을 시간이다. 10시라고 한 것도 신블리가 자기는 늦잠을 자야 피부에 좋다기에 늦춘 시간이었다.

"이제 뭐 하면 돼?"

나는 아무 말 없이 내가 들고 온 생분해성 비닐봉투 한 장과 목장갑 하나를 신블리에게 건넸다.

"아, 이 장갑 너무 안예쁘다. 좀 예쁜거 없어?"

없다. 대답은 하지 않았다. 있는 힘껏 눈으로 욕을 했을 뿐이다. 눈으로 하는 욕도 들렸는지 신블리는 내 눈을 피하는 눈치였다. 우리 둘 모두 장갑을 끼고 본격적인 플로깅을 시작하려는데

"현지야, 진짜 미안한데 나 사진 한 장만 찍어주면 안돼?"

안돼, 라고 말하려는데 이미 내 손에는 신블리의 스마트폰이 손에 쥐여 있었다. 일반 카메라가 아니라 자동 보정이 되는 어플 카메라가 켜 진 채였다. 한 장.. 이라고 했지만 이미 짜증나서 아무말도 하기 싫은 내 앞에 신블리는 여러 포즈를 취하고 있었다. 포즈를 취하는데 안찍어 줄 수도 없고. 이래서 내 인생은 계속 뭉개지고만 있는건가, 하는 쓸데 없는 현타가 왔다. 입으로도 하고 있을지 몰랐다. 신블리가 급하게 다가오며 말했다.

"얘, 넌 뭐 그런 걸로 욕을 하니."

입으로도 욕을 진짜 했나 보다.

출발. 쓰레기 줍는 방법을 알려줄 것까지는 없었다. 쓰레기가 보이면 줍는다. 이게 끝이었다. 원래 목표라고 한다면 "SOCKCHO"에서 시작해 해변 아래 끝에 있는 주차장 입구까지 가려고 했었다. 계획은 그랬다.

성수기 이전이라도 사람들은 해수욕장에 와서 다양한 쓰레기들을 버리고 갔다. 슬리퍼 한 쪽은 단골 손님이었다. 가끔은 꽤 비싸 보이는 반지도 발견하기도 했는데 보이는 족족 기분 나빠 바다로 던져버렸다.

그날도 던져 버리고 싶은게 하나 있었다.

신블리는 쓰레기를 하나 주울 때 마다 사진을 300장은 찍는 것 같았다. 내가 찍어주지 않자 셀프 카메라로 찍고 있었다. 쓰레기가 없으면 사진을 찍을 수가 없으니 쓰레기통 안에서 쓰레기를 꺼내 바닥에 일부러 던졌다가 다시 자신이 줍는 모습을 연출하기도 했다. 나는 가만히 걷다 뒤를 돌아 신블리를 보았다가, 어이가 없어서 좀 허탈해졌다.

파도 소리가 크게 났다. 날씨가 좋은 날은 아니었다. 화창한 날씨보다 살짝 흐린 날이 플로킹하기엔 좋았지만, 신블리에 따르면 이런 날은 얼굴이 칙칙해 보여 사진이 예쁘게 나오지 않는다고 했다.

조용히 다시 걸었다. 왼쪽에서는 파도 소리가, 뒤

쪽에서는 신블리의 스마트폰의 찰칵 소리가 났다. 사람들이 잘 오지 않는 곳으로까지, 그러니까 아래 쪽 주차장과 맞닿은 쪽까지 온 줄 몰랐다.

"이제 끝난거야?"

더 이상 해변이 이어져 있지 않았다. 낮은 검은 돌 산들이 산허리 아래에 보였다. 이제 다시 처음 곳으 로 돌아가야 했다. 돌아가기 전에 돌산 주위를 한 번 돌고 가야겠다 싶었다. 파도에 밀려서 온 스티로폼 이나 페트병들이 돌들 사이에 자주 끼어있는 걸 보 았기 때문이다.

"야, 어디가?"

신블리가 돌산 위로 올라가는 나를 보며 물었다. 나는 대답 대신 붉은 라벨지가 붙은 페트병 하나를 돌 사이에서 꺼내들어 신블리에게 보여주었다. 신블 리는 이해한 듯 나를 따라왔다. 해변 배경의 사진을 다 찍었으니 이제 돌산 위에 올라 바다 위에 떠 있는 듯한 사진을 찍으려는 듯 보였다.

"현지야.. 나 사진 좀.."

이라는 말을 정말 내가 듣긴 했을까. 나는 신블리 를 한심하게 쳐다보다가 고개를 잠시 돌렸을 뿐이었 다. 그때 내 발 밑에 미끌한 느낌이 들었고 이어 시야 에 보인 건 구름이 옅게 낀 하늘이었다.

풍덩.

첫 번째, 다행이다 생각했다. 내가 서 있는 곳은 돌산이었다. 난 운좋게 돌산에서 거리를 두고 바다에 빠졌다. 머리가 돌산으로 떨어졌으면 다행이라는 생각도 못했을 것이다. 코 안쪽으로 바닷물이 확 밀려 들어왔다. 숨을 쉴 수가 없는 것은 당연했지만 뭐라도 잡아야 했기에 눈을 떠야 했는데 눈이 떠지지 않았다. 물에 막 빠졌을 때 눈을 떠야 한다는 생각에 무리하게 눈을 뜨려 했고 그 사이 바닷물이 눈까지 들어와 버렸다.

"어머! 어떡해!! 현지야!!!"

다행히 귀는 그대로 제 기능을 다하고 있었다. 신블리의 목소리가 들렸다. 그래. 나 지금 혼자 있는 거 아니었지. 두 번째, 다행이다 소리를 혼자 속으로 되뇌였다. 도와달라는 말을 하려고 했는데, 입도 제 기능을 못하고 있었다. 푸헉, 푸힉, 푸학. 팍, 팩 소리만 낼 수 있었다.

"내가 지금 갈게! 기다려!"

신블리가 오고 있다. 신블리가 나를 구해줄 것이다. 내 친구인 신블리가, 인스타그램에서 유명한 신블리가 나를 구해줄 것이다. 신블리가 나를 구하고 나는 오늘 이 지긋지긋한 시간을 끝내고 집에 가서 쉴 것이다.

바닷가에서 자란 본능일까. 몸에 힘을 빼고 가만히 떠오를 수 있도록 했다. 많은 생각을 했지만 흐른 시간으로 보면 몇 초도 흐르지 않은 시간이었다. 실눈을 뜰 수 있었던 것은 힘을 빼고 숨을 제대로 참을 수 있게 된 뒤였다. 이제 신블리가 나를 잡아 끌어올려도 나도 그 힘에 반작용을 할 힘은 가진 것 같았다.

"자, 여기 잡아!"

실눈 사이로 신블리의 손이 보였다. 오른손인 듯했다. 오른손잡이였구나. 새삼 새로운 사실을 알게 된 듯 반가웠다. 그리고 왼손이 보였다.

스마트폰을 가로로 든 채 무언가를 촬영하고 있는 듯한 왼손.

자신의 오른손을 찍으면서 그 너머에 있는 나를 찍는 스마트폰. 그 스마트폰 액정 안으로 나의 위치와 손의 위치를 확인하는 신블리. 저걸, 저걸 잡아야 했다.

신블리의 오른손바닥을 꽉 잡았다. 신블리의 짧은 신음소리가 났다. 아팠을 것 같다. 잡는 내 손도 아픈데 잡힌 사람은 당연히 아프겠지. 오른손이 아파도 왼손은 그대로였다. 저걸 잡아야 해.

그대로 잡았다. 아니, 잡아 당겼다. 저걸 잡아 당겼다. 신블리가 당겨왔다.

"꺄아아아악!"

세 번째, 다행이었다. 흐린 날이었고, 돌산 근처에는 아무도 없었다. 주차장은 해수욕장 입구와 먼 주차장이라 두 대의 차만 주차되어 있을 뿐이었다. 이 두 대 모두 옆면을 보이며 주차되어 있었다. 다행히 여기엔 우리 둘 아니 나 혼자 뿐이었다.

머리가 터진 듯 했다. 내가 빠진 곳 바로 옆에 독도처럼 작은 돌산 두 개가 뾰족히 나와 있었다. 잘못했으면 내가 저기 머리가 박혀 죽었겠지. 나는 살았다. 신블리가 저 돌에 머리가 박혀 죽어버렸다.

6.

신블리가 파도에 이리저리 흔들렸다. 머리는 돌산 사이에 끼어 움직이지 않았다. 왼손이다. 왼손을 보니 스마트폰이 있었다. 발전하라, 신기술이여. 최신 스마트폰인 신블리의 폰은 방수가 되는 폰이었다. 동영상 녹화를 멈췄다. 당연히 이 영상에는 내가 신블리의 손을 잡아 당기는 것도 찍혀 있었다. 삭제.

나와 함께 했던 플로깅 사진들도 지울까 하다가 내버려 두었다. 사진첩을 연 김에 보니 인스타그램에 올리지 않았던 사진들도 꽤 많아보였다. 보정되어 있지 않은 사진부터 누군지 알아볼 수 없을 정도로 예쁘게 된 사진까지. 그날그날 사진을 찍어서 올리는게 아니라 이렇게 사진들을 만들어 놓고 주기적으로 올리는 듯 했다.

　스마트폰 화면 잠금을 해제상태로 두기 위해 신블리의 오른손 엄지손가락을 잠시 빌렸다가 다시 바다에 퐁당.

　7.
　신블리의 팔로워수가 6만명이 되었다. 사람들은 신블리의 속초 생활에 응원을 보냈다. 고향 속초를 사랑하는 젊은 여성, 신블리. 서울을 떠나 지방에 정착하여 자신의 삶을 꾸려가는 신블리. 단지 즐기기만 하는 것이 아니라 속초 해수욕장 플로깅을 하며 환경보호에도 앞장서는 신블리.
　사람들은 새로운 게시물이 올라올 때마다 "멋져요 ^^", "진정한 이 시대의 청춘!" "언니! 언니처럼 되는게 꿈이에요!" "게시물 잘 봤습니다. 제안할 것이 있는데 DM 확인 부탁드립니다.", "자위하고 싶지 않으면 내 것을 누르지 마시오." 등의 댓글이 고정적으로 달렸다. 진심 어린 응원부터 스팸까지, 신블리의 인스타그램은 작은 우주인 듯 보였다.

그리고 나는 신블리가 되었다.

8.

쉬는 주말의 첫 번째 날의 오전. 나는 플로깅을 하러 속초 해수욕장에 갔다. 매번 나오는 폭죽이나 소주병, 맥주병은 이제 없으면 섭섭할 지경이다. 천천히 걸으며 사람들의 눈에 띄면서도 기억은 남아있지 않을 정도로 행동하는 것은 쉬운 일이 아니었다. '쓰레기를 줍는 사람은 봤어요. 혼자.' 정도의 기억으로만 남아야 했다.

신블리는 여전히 살아있었다. 인스타그램 안에서는.

알고 보니 속초로 돌아온 건 부모님이 갑작스레 돌아가셔서 외동딸이었던 자기가 유산을 물려 받기 위한 것이었다. 그래서 그런지 신블리를 찾는 사람은 거의 없었다. 부모가 없는 외동딸. 오랜만의 고향에서 찾은 자신의 새로운 놀이터에 신블리는 여전히 살아있었다.

9.

플로깅은 매주 해야했다. 돌산 아래 주워야 할 것

이 있었다.

10.
여러분 안녕하세요 ^^
신블리에용~ *^^*

이번주 주말, 속초 해수욕장에서 저와 함께 플로
깅 하실 분 모집! ㅎㅎ

딱 한 분만 모실게요! 속초에 사시는 분이었으면
좋겠어요!

조건이에용~
1. 여성
2. 평소 환경에 관심이 있는 분
3. 신블리와 영원히 함께 하고 싶은 분! 찡긋!

조건 해당되시는 분은 DM주세용~! ㅎㅎ
여러분, 항상 응원 감사해용!!

사..사..라.. 아니 좋아합니당! ^^

#신블리 #플로깅 #속초 #속초해수욕장 #환경보
호 #협찬문의 #광고문의 #DM

11.

동해 바다에 별다른 감흥이 없었다. 넓다, 푸르
뎅뎅하다, 누가 저기 빠져도 아무도 모르겠다, 정도.

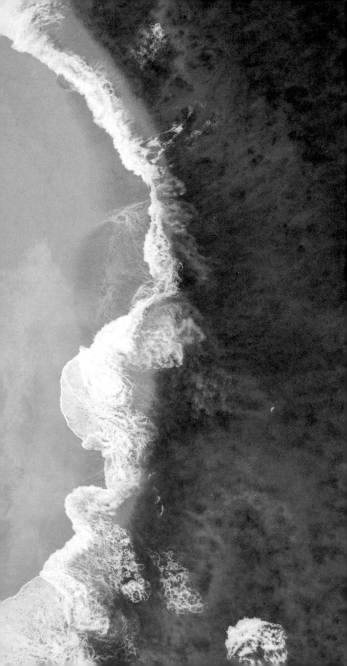

시미즈 만숀

시미즈 만숀 501호.

이곳이 내가 사는 집이다. 이곳에 살게 된 지 2주일 정도 지났다. 급하게 구했지만 싸게 구해서 만족스러운 생활을 했던 2주간이었다. 다다미방과 일반 장판방이 하나씩, 거실, 부엌 그리고 욕조가 있는 샤워부스와 변기가 따로 있는 한국에서는 생소한 구조. 일본에서는 특이하지 않았다.

혼자 살기 넓고, 가격도 저렴하고, 학교와도 가까운 집. 거의 모든 것이 완벽했다.

-

일본 사이타마현 소카시라는 도쿄 근교의 전형적인 베드타운 도시. 그 도시에서는 나는 3년째 한국인들은 잘 모르는 사립대학교에서 유학중이다. 1년 뒤면 졸업인데 솔직히 3년 동안 뭘 배웠는지는 모르겠다. 일본 대학생들은 대부분 3학년에 접어 들며 취업 준비를 했지만 나는 그러지 않았다. 일본에서 취업을 하고 싶은 생각도, 그렇다고 졸업을 한 뒤에 한국에 돌아가야겠다는 생각도 없었다. 시간을 그냥 흘려 보내고 있는 느낌. 수도꼭지에 물을 틀어 놓았으니, 물은 계속 흐르고 있고 또 그만큼 돈이 낭비되는 느낌으로 살았다. 그래서 그랬던 탓일까, 성적이 바닥을 쳤고 2주 전에 성적 기준 미달로 기숙사에서 쫓겨났다. 이렇게 될 줄 모르지 않았다. 불안해 하면서도 아무것도 하지 않고 걱정에 걱정을 더하기만 했었다. 기숙사에서 쫓겨난 시점에서는, 하는 수 없이 새로운 방을 구해야 했다. 하지 않으면 안됐다.

도쿄나 사이타마에 살고 있는 친척도 없었고, 잠시 신세를 질 정도로 친한 친구도 만들지 않았다. 타지에 나가면 한국인들이 서로 많이 도와준다고 해서 찾아보니, 한국인 유학생회가 있긴 했다. 하지만 그들과 친해지면 여기서 유일하게 내가 배울 수 있을 것으로 기대한 일본어도 제대로 배우지 못하고, 괜히 신경 쓰일 일들이 많아질 듯 하여 가입하지는 않았다.

소심한 듯 보이지만 조심성이 많은 성격. 한국에서 고등학교까지 다닐 동안에도 이런 성격 탓에 학교 생활이 쉽지 않았다. 부모님은 해외에 나가서 공부를 하면 조금이라도 나의 이런 성격이 바뀔까 생각하셨다. 그래서 미국이나 유럽과 같이 마음을 먹더라도 쉽게 갈 수 없는 곳이 아니라, 무슨 일이라도 생기면 하루 안에는 올 수 있는 일본에 나를 유학을 보냈다. 내 의지는 반영되지 않았다. '될대로 되겠지' 정도가 내가 나리타행 비행기를 타기 직전 가진 마음가짐의 전부였다. 부모님은 몰랐다. 일본은 결코 도전의 나라가 아니라, 조심성에 더해 철저한 개인주의까지 덧붙여진 나라였음을. 그래서 나는 더욱 혼자가 편해졌고, 모든 것이 더욱 조심스러워졌다.

이런 나라도 당장 살 집은 필요했다. 다 때려치우고 한국에 돌아갈까 생각하기도 했지만, 지금 가면 정말 아무것도 남지 않았다. 지푸라기라도 잡는 심정으로 학교의 학생복지상담센터에 찾아가 내 사정을 설명했다. 나는 한국인 유학생이고, 당장 살 곳이 없다고. 집을 구하고 있지만 가능하면 저렴했으면 좋겠다는 말도 잊지 않았다. 부모님으로부터 유학 자금 지원을 받고 있긴 했지만, 결코 충분한 정도는 아니었고 나는 그들에게 더 이상의 짐을 지우기 싫었다. 나를 낳은 사람들에게까지 조심스러웠다. 내 상황 설명을 들은 상담센터 직원이 내게 물었다.

"학교와 연계된 부동산에서 혹시 방을 찾는 학생이 있으면, 소개해주면 좋겠다고 한 집이 하나 바로 얼마 전에 들어왔어요. 당장 들어갈 수 있고 가격도 저렴한데, 자주 방이 빈다고 그러네요. 그런 곳도 괜찮아요?"

나는 직원의 '괜찮아요'라는 말의 끝을 듣지 못했다. 그전에 내 고개는 마치 뮤지컬 배우가 멀리 있는 사람도 볼 수 있도록 과장된 몸짓을 하듯, 아래와 위로 격하게 끄덕이고 있었다. 그리고 큰 소리로 "하잇! 다이죠부데스!" 라고, 예, 괜찮습니다라고 직원의 문장을 평서문으로 마무리 지었다.

-

평범한 맨션이었다. 지은 지 30년이 지났지만 밖에서 볼 때 낡아 보인다는 인상은 없다. 얼마 전 새로 페인트를 칠한 것도 낡아 보이지 않는데 한몫 하는 것 같았다. 나는 학교에서 알려준 부동산중개소 전화번호로 전화를 했고, 나보다 많아야 한두 살 더 먹었을 것 같은 남자 직원과 동행했다. 일본 남자들은 군대를 가지 않고, 졸업 이후에 바로 직장을 구해 일을 시작하니 20대 초반의 직장인들도 많았다. 아직 일에 익숙해지진 않았는지 말투가 대학생들의 말투를 쓰는 직원이 나와 함께 엘리베이터를 타기 전에 흘리듯 한 문장을 말했다. 엘리베이터의 문이 닫히는 소음과 겹쳤고, 목소리를 죽이고 말을 한 탓에 더 알아듣기 힘들었다. 마치 일부러 듣기 바라지 않는다는 듯.

"옛날 집이라 벽이 얇아요."

나는 알아들었지만, 상관없었다. 나는 혈혈단신 혼자 일본에 있고, 기숙사에서 쫓겨났으며 매우 지쳐 있었다. 괜찮아요. 나도 낮게 읊조리듯 답했다. 사람이 살도록 지은 집인데 설마 옆집 소리가 생생하게

들리기야 하겠어. 나는 안이했다. 같이 집으로 들어
가서 전체적으로 집을 둘러 보았는데, 눈에 띄는 문
제는 없어 보였다. 일본의 빈집답지 않게 가전도 다
있었고, 벽지가 까진 것도, 장판이나 다다미에 그 흔
한 찍힌 흔적도 보이지 않았다. 가전이 그대로 있었
던 건, 얼마 전까지 우리 학교 학생 한 명이 여기 살
았는데, 첫 독립에 한껏 부풀어 올라서 좋은 가전들
을 사놓고도 얼마 살지 못하고 떠났고, 새로 산 가전
들을 다 두고 떠났다고 했다. 집주인은 그 학생이 남
겨둔 물건을 버리지 않았다. 그리고 내가 학생복지
상담센터를 찾기 얼마 전 부동산에 가서 우리 학교
학생이 그대로 다시 들어올 수 있도록 소개를 부탁
했다고 했다. 그 소개를 내가 받았다. 나는 집이 마음
에 들었다. 부동산중개소에 다시 들러 계약을 했다.
보증금 7만엔에 월세 3만 5천엔. 이 지역에서 이 가
격은 사실 말이 안되는 가격이었다. 인터넷으로 찾
아본 내 집과 비슷한 집은 월세가 5만엔은 족히 넘었
다. 다행히 내가 가지고 있는 돈으로 보증금과 첫 달
월세를 낼 수 있었다. 일본은 보통 두 달치 월세를 보
증금으로 내었다. 한국이었으면 나는 아마 보증금이
없어 노숙을 해야 했을지도 모를 일이었다.

계약한 그날 바로 얼마 되지 않는 짐을 다 옮겼다.
일본에서 3년을 살았는데, 짐이 너무 적어 스스로도
놀랐다. 필요하지 않은 것들을 버린 이후에는 마치

짧은 여행을 가는 사람과 비슷한 느낌이었다. 패션에 관심이 없어 옷도 적었고, 공부는 원래 하지 않았으니 사지 않으면 안되었던 전공서적 몇 권이 캐리어 아래에 고이 누워 있었다. '일한관계개론', '국제정치학', '세계평화학', '국제관계론' 같은 책들을 꺼내 새것처럼 깨끗한 책상에 꽂았다. 왜 내가 국제정치를 공부한다고 했더라. 잠시 생각해봐도 3년 전의 나의 취향을 알 수 없었다. 전공을 선택하는 것을 취향이라는 표현을 써도 되나, 잠시 생각했지만 상관없었다. 그냥 멋져 보였나, 아무리 생각해도 이 정도의 이유 밖에 떠오르지 않았다.

옆집에는 장애인 할아버지가 살고 계셨다. 바로 옆집이다 보니 종종 마주쳤다. 할아버지는 나와 마주칠 때마다 나를 향해 살짝 고개를 숙여 인사를 하셨다. 나도 반사적으로 답인사를 드렸다. 처음부터 할아버지가 장애가 있다는 것을 알아차린 것은 아니었다. 자세히 보면 왼쪽 손목 아래에 있어야 할 손이 없었다. 빈 소매가 펄럭이는 것을 세 번째 인사를 하며 알아 차렸다. 장애가 있으시구나. 어쩌다 생긴 장애일까 궁금했지만, 물어 볼 수 있는 질문도 아니었고, 듣고 싶은 대답도 아니었다. 할아버지는 고개를 반쯤 숙이고 다니셔서 얼굴을 제대로 보진 못했지만 항상 웃고 다니시는 듯한 인상이었다. 일본인들 특유의 가식적인 듯 느껴지는 웃음. 가식이 아닐지도 모른다고 생각하기도 했다. 왜냐하면 거의 대부분의 일본인들은 평소에는 핏빛도 보이지 않을 정도로 창백하게 있다가도 누군가가 눈길을 주고 있다는 것을 알면, 심폐소생술로 다시 살아난 사람처럼 발그레한 얼굴로 웃음 띈 얼굴로 바뀌었기 때문이다. 그런 의미에서 전형적인 일본인 할아버지였다.

할아버지는 자신이 집에 계실 때에도 소리를 내지 않으셨다. 작은 체구며 조심스레 걷는 모습을 자주 봐 왔기에 이해할 수 있었다. 그 걸음걸이는 마치 자신이 누군지 사람들일 알게 되면 안되기에 일부러 발소리를 죽이고 걷는 것 같은 인상을 주었다. 덕분에 나는 벽간 소음으로부터 해방되었다. 그 덕에 벽이 얇다는 사실은 새까맣게 잊고 있었다.

-

료스케가 우리집에 놀러왔다. 이사한 지 채 1주일이 지나지 않았던 시점이었다. 기숙사에서 쫓겨났다고 놀릴 때는 언제고, 이제는 집이 생겼으니 자신이 한 번 꼭 와서 '일본인의 생활'에 대해서 알려주겠다 했다. 그딴 거 모르고도 잘 살았다고, 모범생도 아닌 너한테 무언가를 배우기는 싫다고 거절했다. 료스케는 내가 뭐라하든 자신이 유일한 일본인 친구로서, 일본 생활을 위한 팁들을 알려주겠다 했다. 친구의 의무라나 뭐라나. 나는 반쯤 포기하고, 그래라, 대신 빈손으로 오지 말고 뭐라도 사와라, 한국에는 남이 이사한 집 처음 올 때 빈손으로 오지 않는 문화가 있으니 '한국인'인 나를 존중한다면 뭐든 사오라고 했다. 료스케는 같은 국제정치학과에 다니는 유일한 일본인 친구였다. 유학을 온 뒤 1년 동안 일본어 수업과 정규 수업을 들었음에도 여전히 수업의 내용 전부를 제대로 이해할 수 없었던 나는, 2학년이 되어서 들어간 첫 수업에서도 같이 수업을 듣는 일본인 학생들한테 수업 노트를 복사할 수 있는지 물어야 했다. 그때 만난 학생이 요시다 료스케였다. 료스케는 자신의 노트를 복사하라고 주었지만, 노트 안에 필기된 내용은 오히려 내가 적은 것보다 빈약했다. 그게 참 웃겼다. 어이가 없어서 웃는데, 료스케는 자신이 마음에 든 것으로 착각을 했는지 계속 옆에 앉았고 그렇게 친구가 된 놈이었다.

료스케는 자신의 집이 코리안타운이 있는 신오쿠보에서 멀지 않아, 다양한 재료들을 살 수 있었다며 큰 봉투를 내 코 앞에 들이밀며 쳐들어왔다. 봉투를 받아 열어보니 한국 라면과 간편하게 만들어 먹을 수 있는 즉석떡볶이 밀키트가 들어 있었다. 따로 포장된 오뎅도 있었는데, 오뎅은 자신이 좋아하는 유명한 오뎅집에서 사오거라 하며 집을 둘러 보았다.

"야, 일본 오뎅으로는 떡볶이 한 번도 안해봤어. 근데 너 떡볶이가 뭔진 알아?"

"무시하냐? 요즘 일본인들도 한국 떡볶이 많이 먹어. 그래도 진짜 한국인이 만드는 떡볶이는 뭔가 다르지 않을까 해서 한 번 사 와봤어. 그리고 그 오뎅 진짜 쩔어. 떡볶이에 넣긴 좀 아깝긴 하다."

"그럼 사오지를 말던지."

"네네. 죄송합니다."

이건 그냥 여기 조리법 적힌대로 하면 되는건데, 하고 내가 귀찮다는 듯이 말하자 료스케는 제발 그냥 좀 해달라고, 부탁한다고 말하며 주방 안쪽의 다다미방으로 들어갔다. 내가 재료들을 손질하며 계속 볼멘 소리를 하자, 자기가 알고 있는 재미난 이야기를 선물로 해주겠다며, 료스케는 얼른 떡볶이나 만들어서 대령을 하라 했다.

"재밌는 이야기(오모시로이 하나시)?"

"응. 재밌는 이야기. 너 여기 사는 줄 몰랐을 때는 재미없었는데, 네가 여기 산다고 그러니까 재밌어졌어."

"내가 여기 사는거랑 관계가 있어?"

"응. 근데 너 '오모시로이' 뜻은 제대로 알고 있는거지?"

"'재밌다' 아냐?"

"맞긴 한데, 뭐랄까. 웃긴다는 뜻이 강하긴 하지만, 흥미롭다는 뜻도 숨겨져 있지."

"근데, 갑자기 오모시로이 뜻은 왜 물어?"

"그게 내가 앞으로 해줄 이야기가, 여기 사는 네가 들으면 흥미로울거 같아서."

료스케는 살짝 목소리를 낮추며 이야기를 시작했다.

-

료스케에 따르면 옆집의 할아버지가 예전에 군인이었다고 했다. 종전 후가 아니라 종전 전, 그러니까 일제 시대의 군인. 료스케가 내가 한국인 것을 모르는 것도 아닐텐데 일제 시대의 군인 이야기를 재밌는 이야기라고 나에게 들려준다고? 나는 료스케가 드디어 돌았구나, 하고 생각했다. 아니, 그렇기에 할아버지의 이야기가 더 궁금해진 것도 사실이었다.

"옆집 할아버지, 조선반도에서 있었대."

조선반도, 일본은 한반도를 조선반도라고 부른다. 지금까지도. 일제 시대 군인이니 한반도에서 복무할 수도 있었겠지, 하며 나는 피어오르는 호기심과 동시에 한국인으로서 받아왔던 반일 교육 탓인지

불같이 타오르는 적개심을 억누르며 료스케의 다음 말을 기다렸다.

"조선반도에서 복무할 때 이름 꽤나 날렸대."

"무슨 이름?"

"잔혹하기로 유명하다고."

"뭐라고?"

"'잔혹하다'는 일본어 단어 몰라?"

"알아.. 임마.. 순간 못알아 들은거야.."

"아, 미안. 여튼 잔혹한 일본인으로 조선 전체에 소문이 날만큼 유명한 사람이었대."

"근데.. 그걸 니가 어떻게 알아?"

"나 이번 학기에 '2차 세계대전과 일본'이라는 수업 듣고 있는데, 이번 주에 교수님이 본토 그러니까 일본에서 나온 신문들을 보여주셨어. 그 신문 기사들 사이에 '훌륭한 일본군, 본토로 초청되다'라는 기사가 있었는데, 그 군인이 저 할아버지야."

"아니, 그러니까 저 할아버지가 그 신문 속에 나온 일본 군인인 걸 어떻게 아냐고. 좀 알아듣게 말해."

"한국인들 성격 급한 건 알았지만, 역시 너도 한국인이구나. 교수님이 국제정치 전공하시면서 미시사도 같이 전공하시는데, 신문에 대서특필 될 만큼의 사람이 실제로는 어떤 사람인지, 혹시 그 사람의 생애와 국제정치가 연결될 부분은 없는지 예전에 대학원 다닐 때부터 조사해서 알아뵀었대. 그리고 지금 이 근처에서 살고 계신다고까지 이야기하셨어."

"아. 답답하네. 그러니까 그 사람이 저 할아버지 인줄 어떻게 아냐고. 이 근처에 사는 저 할아버지 나이 또래가 한 두명은 아니잖아. 그리고 교수님이 대학원 다니실 때면 꽤 옛날일텐데 그때 이 동네 사셨다고 지금도 이 동네 사신다는 보장도 없잖아."

"일단 그 사진 속에 남자, 왼손이 없었어. 그리고 교수님은 그때 조사한 사람들이 어떻게 살고 있는지 지금까지 계속 조사를 하고 계신대."

"우연이겠지. 손이 없는 남자가 흔하진 않겠지만 설마 저 할아버지가 그 기사 속의 사람이겠어? 그리고 무엇보다 그때 군인이었으면 지금은 돌아가셨겠지."

"너 그때 군인들 평균 나이가 몇 살인지 알아? 장교 말고 일반 사병."

"몰라. 한 20대 초반 정도?"

"17살이야. 평균이 17살. 그럼 더 적은 사람도 있을 수 있다는 거지. 지금까지도 살아 있을 수 있는거야."

"근데. 재밌는 이야기는 언제 나와. 재미 없으면 떡볶이 만들어 준 값으로 1만엔 내놓고 갈 각오하고 이야기 해."

"야박하네. 우리 친구. 할아버지, 신문에 났다고 그랬잖아. 훌륭하다고. 근데 내용에는 절대 훌륭하다고는 볼 수 없는 내용들로 채워져 있었어. 이 군인이 저질렀던 잔혹했던 일들만 죽 나열되어 있었지. 근데 이게 최고의 칭찬이었어. 칭찬. 그때 당시에는 한국인들 당시에는 조선인들이었겠지만, 조선인들한테 잔인하게 하면 할수록 천황 폐하에게 충성을 바치는 상황이었으니까."

"내가 듣기엔 좀 그렇다?"

-

"옆집 할아버지, 조선인이었어."

-

할아버지는 내가 사는 맨션, 일본에서는 만숀이라고 부르는 건물 건너편에 있는 묘지를 관리하셨다. 종종 학교를 가는 길에 남아 있는 한손으로 묘지에 있는 납골탑들을 닦고 있는 모습을 보았다. 한손으로 하시기엔 불편하지 않을까 생각했지만 이제는 익숙해지셨는지 특별히 지장은 없는 듯도 보였다. 처음에 일본에 왔을 때 놀랐던 것 중 하나가 납골탑들이 모여 있는 묘지가 주택가 한가운데 있다는 것이었다. 한국이었으면 혐오 시설이라고 불리며 도심에는 만들 엄두도 나지 않을 것 같았는데 일본은 달랐다. 일본 드라마나 영화에 보면 집 안에 제단을 만

들어 그곳에 유골함을 두는 집도 있어 보였으니, 죽음에 대한 한국과 일본의 차이를 확실히 느낄 수 있었다. 그래서 만약 묘지인 것을 모르는 사람들이 보면, 주변에 절이 있거나 탑을 빽빽하게 세워 두었다고 오해를 하기도 할 듯 했다. 내가 할아버지를 먼저 알아보고 잠시 멈춰서 있으면, 이윽고 나를 발견한 할아버지도 여느 때와 똑같이 온화한 미소를 내게 보이셨다. 할아버지는 종종 한 유골탑 앞에서 오랜 시간을 보내시는 모습도 심심찮게 볼 수 있었다. 하얀 대리석으로 만든 유골탑이었는데, 그 유골탑 앞에서 서 계신 모습을 자주 보았기 때문이다.

-

"뭐라고? 조선인이라고? 그러니까 한국인이었단 말이지?"

"응. 당시에는 조선인, 지금으로 치면 한국인."

"헐.. 설마."

"진짜야. 그리고 일본 본토에 초청을 받았대. 1944년 8월에."

"1944년 8월이면 패전하기 1년 전인데, 조선인을 왜 초청해?"

"일본에서는 종전이라고 하지만 한국인인 너의 입장에서는 패전이겠네. 그렇지. 패전 1년 전에 일본으로 온 뒤에, 할아버지 자신이 조선에서 얼마나 많은 조선인들을 죽였는지 강연을 하고 다녔다고 해."

"강연? 조선인 군인이 왜 강연을 다녀? 그것도 전쟁 중에?"

"너 진짜 공부 안 하는구나. 나보다 멍청한 사람 처음 보네. 1944년이면 사실 거의 일본이 전세가 꺾여서 언제 패전해도 이상하지 않을 상황이었어. 그래서 있는 사람 없는 사람 다 끌어모으고, 가정집에 있는 냄비도 다 긁어 모아 총알 만들고 할 시기야. 당연히 군인들 사기도 엄청 떨어져 있었지. 근데 이 할아버지는 자신이 조선인인데도 조선반도, 아, 한반도에서 같은 조선인들을 잔인하게 죽이는 훌륭한 군인이라고 강연을 하고 다니니까, 일본 본토에 있는 일본 군인들한테 엄청 큰 자극이 되는거야. 조선인인 저 사람보다 천황 폐하의 국민인 우리가 질 수 없다, 뭐 이렇게. 그리고 지금 이번 전쟁만 이기면 우리가 조선을 먹은 것처럼 동남아시아인들이랑 미국인들도 천황 폐하의 국민으로 만들 수 있겠다, 하는 자신감을 갖게 도와준거야."

"진짜 미친 짓이네. 근데 너 진짜 제대로 알고 하는 이야기 맞아?"

료스케의 이야기는 수업시간에 들었다던, 할아버지가 일본군 군인이 되기 전으로 돌아가 시작되었다. 사실 할아버지는 한 양반집의 머슴이었다는 것. 일제 시대는 신분제가 폐지된 시대이긴 했지만, 여전히 많은 사람들이 양반과 천민의 구분을 지으며 살았는데 할아버지는 머슴이었다고 했다. 물론 당시에는 머슴이라는 개념보다는 일종의 고용된 관리인 느낌이었을 것이라고, 수업에서 교수는 설명했지만 그렇다고 해서 대등한 입장은 결코 아니었다고 했다. 할아버지의 손은 바로 자신이 모시던 양반에 의해 잘린 것이었다. 할아버지가 양반 딸의 손목을 잡는 큰 죄를 지었고, 이를 벌주기 위해 왼손을 잘랐다는 것. 오른손을 자르지 않은 것은 오른손잡이였던 할아버지가 오른손이 없으면 일을 하지 못하니 일을 시키기 위해서, 였단다. 료스케가 이렇게 기억력이 좋았는지, 나는 의심스러웠지만 재미가 없는 것도 아니니 가만히 먹다 남은 떡볶이 그릇에 올려진 젓가락을 굴리며 듣고 있었다. 그때 당시 할아버지, 그의 나이 16살, 양반 딸의 나이는 17살이었다고 했다.

잘린 손목이 거의 아물어갈 무렵 1941년이 되었고, 할아버지가 일본으로 오게 될 사건이 발생했다고 했다. 일본이 태평양 전체를 자신의 것으로 만들기 위한 전쟁을 시작했는데, 일본에서는 이를 '태평양 전쟁'이라고 부르고, 세계사에서는 '2차 세계대전'이라고 부르는 전쟁이 시작된 것이었다. 이어 할아버지는 다소 뜬금없이 양반의 아들이 되었다고 했다. 자신이 아닌 양반의 아들에게 내려진 징집 영장에 응답하기 위해서였다. 양반은 자신의 아들은 살리고, 머슴인 할아버지를 징집시켰다고 했다.

"할아버지는 징집을 거부하지 않았다고 해. 일본
군에서는 손이 하나 없는 군인이 전투병력으로서 역
할을 당연히 하지 못할거라 생각했는데, 오히려 할
아버지가 꼭 자신은 일본군이 되어야겠다고, 자신의
잘린 손목을 다시 자르며 군 부대 안에서 혈서까지
썼대. 일본군 입장에서는 누구 한 명이라도 전쟁터
에 내보내 총알받이라도 될 사람이 필요했으니, 이
렇게 혈서까지 쓸 정도니 일단 입대 시키자고 했대.
혈서 덕분에 할아버지의 입대 기록이 특이한 기록으
로도 남았고. 그 기록이 아직도 남아서 우리가 수업
에서 배우는거라고, 교수님은 천만다행이라는 표정
으로 말씀하셨어."
"그 수업 이름이 뭐라고?"
"2차 세계대전과 일본. 왜?"
"다음 주에도 수업해?"
"당연히 하지? 왜? 와서 들어보게?"
"다음 주에도 이 내용으로 수업하면, 직접 들어보
고 싶어서. 머리 나쁜 네가 진짜 제대로 전달하고 있
는지도 의심스럽고."
"참내. 어이가 없네. 다음 주 목요일 3교시 제1 강
의동 407호야. 같이 듣던지."
"다행히 그때 나 수업 없어."
"수업 있어도 째고 오면 되지. 뭐 모범생이라고."

"너한테 그런 이야기 듣고 싶지 않거든. 그래서, 지난 수업에 들었던 이야기는 그게 다야?"

"응? 아, 아니 조금 더 남았어. 뭐 이제 거의 끝이긴 한데, 이야기 다 듣고 너 무서워서 잠 잘 수 있겠어? 바로 옆에 할아버지가 사는데?"

"왜? 일본군이 되었다는 거, 조선인들을 많이 죽여 잔혹하다는 거 말고 또 뭐 있어?"

"그 잔혹함이 좀 무서워. 전쟁 중에 만나는 조선인들 있잖아. 그 조선인들의 손목을 다 베어버렸대. 일단 손목을 먼저 자르고, 고통스러워하는 모습을 보면서 목을 베어버렸다고 하네. 손목은 특히 젊은 조선인 여자들 손목을."

"으..."

"아직 끝이 아닌데?"

"아직도 남았어?"

"응. 잘린 손은 부피가 나가잖아. 그래서 따로 못 챙기니까 잘린 머리에서 귀를 한쪽씩 잘랐대. 그 귀를 할아버지는 모았고."

"귀를 모아?"

"응. 전쟁 중에는 경쟁적으로 자기가 몇 명 죽였는지 잘린 귀로 자랑하기도 했었대. 근데 이 할아버지, 일본에 올 때 그 귀를 소금에 절여서 들고 왔대. 신문에 나온 사진 옆에 나무 박스가 하나 있었는데, 거기에 귀가 가득 담겨 있었어."

-

할아버지는 일본 패전 후에 전범 재판에 회부 되었다고 했다. 일본 본토에 있는 군인이었고, 신문에 날만큼 유명세는 있었으니 연합군이지만 실제로는 미군이었던 GHQ 입장에서도 일단 체포해야 했다고 했다. 근데 할아버지는 원국적이 조선이고 강제로 징집을 당한거라 사형은 면할 수 있었다고 했다. 피식민지국 국민이 자발적으로 일본군의 선전에 동원될리는 없다고 판단했기 때문이었다. 전범 재판에서 징역 10년을 받은 할아버지는 형을 다 채운 후 다시 사회로 나왔고, 이후 국적을 그대로 일본으로 유지하며 일본인으로 지금까지 살고 있다는 이야기를 이어 했다. 재밌지 않았다. 흥미로웠던 건 사실이다. 그러니까 바로 옆집에 일제 시대의 군인이었고, 조선인을 잔인하게 죽인 것으로 유명했던 조선인, 같은 민족을 죽이며 일본에서 천황의 국민에게 자긍심을 고취했던 조선인이 살고 있었으니 말이다.

-

"구역질 날 것 같아."

"나도 그랬어. 근데 교수님은 이런 내용들을 알아야 2차 세계대전에 대해서 더 생생하게 알 수 있다고 그러더라고."

"생생하긴 한데, 그게 왜 중요하지?"

"한 개인의 삶이 국제정치에 의해 얼마나 추악해질 수 있는지 알아야 한다. 뭐, 이런 느낌이었는데, 정확한 문장은 기억은 안나네."

"개인의 삶이 국제정치에 의해 바뀐다라.."

"여기까지야. 지난 수업에 들었던 내용은. 어때? 흥미롭지? 근데 너 좀 심하게 몰입하는 거 같다. 물론 네가 한국인이라서 그런 걸 수도 있긴 하겠다."

"한국인이라서가 아니라, 만약 네가 말한 게 사실이면 옆집에 살인마였던 군인이 살고 있으니까 무서운거지."

"지금은 할아버진데?"

"할아버지라도 무서워."

"역시, 조심성 많은 놈. 근데 나 이야기할 때 목소리 컸나?"

"왜? 그냥 평상시랑 똑같았는데?"

-

'띵동'

누구지? 지금 찾아올 사람이 없는데?

"다레데스까(누구세요)?"

"계시는가?"

한국어였다.

"...네?"

"날세. 옆집에 사는."

갑작스러운 방문에 나는 어찌 해야할지 몰랐다. 눈인사만 나눴지 실제로 이야기를 나눈 적은 없었다. 아니, 오히려 이야기를 나누고 싶지 않았다. 엊그제 료스케가 다녀간 이후, 할아버지가 있는 옆집에서 혹시 무슨 소리라도 나지 않을까 귀를 세우고 들었지만 평소처럼 아무런 소리도 나지 않았다. 료스케가 집을 나서며, 예전에 지어진 일본의 이런 맨션들은 벽이 생각보다 많이 얇아 옆집의 소리가 잘 들린다고 말했다. 부동산 중개소 직원과 같은 이야기를 했기에, 나도 그렇게 알고는 있다고 전했다.

"근데 몇 일 지내보니까 아닌거 같아. 우리집에서는 옆집 소리가 하나도 안들려. 할아버지는 혼자 사시는 거 같기도 하고 또 체구가 작으신 것도 있긴 하겠지만."

다행히 료스케와 내가 이야기를 나눌 때 할아버지는 집에 계시지 않은 듯 했다. 하루가 지날 동안 평소처럼 아무런 소리도 나지 않았기 때문이다. 그래도 나는 혹시 일어날 수 있는 다양한 일들을 생각해 보았지만, 할아버지가 내 집 벨을 누르는 것은 그 어떤 상상 속에도 없었다. 왜지. 왜, 벨을 눌렀지.

"..예.. 잠시만요."

탈칵.

"들어가도 되겠나?"

한국어였지만 지금 우리가 쓰는 한국어가 아닌
듯한 느낌이었다. 사극에서나 나올 듯한 말투. 만약
료스케의 말이 사실이라면 이 할아버지는 일본인으
로 수십년을 살아왔다. 그 사이 한국어를 썼을 수도
있고 또 다시 배울 수도 있었겠지만, 한 번 정착된 말
투는 잘 바뀌지 않는 법이기도 했다. 그래서 옛날 한
국어를 쓰시는건가, 생각하는 도중에 할아버지는 이
미 내 집 안에 들어와 서 있었다.

"올라오세요."
"고맙네."

무슨 말을 해야하지. 어떻게 반응을 해야하지. 그
리고 내가 한국인이라는 걸 어떻게 알았지. 많은 질
문들이 내 머리 속을 뒤죽박죽으로 만들고 있었다.
내가 멍한 표정으로 있는 걸 보았는지 할아버지가 다
시 입을 열었다.

"자네가 한국인인 걸 어떻게 알았는지 궁금해 하는 눈칠세, 그려."

"... 예.."

"우편함에 삐져 나온 편지에 이름이 있더군. 카타카나로 '한승우'라고 적혀 있더구만. 일본인 이름은 아니지."

할아버지는 최소 80살은 넘었을 것인데도 말을 하는데 끊김이 없었다. 하고 싶은 말을, 해야 할 말을 미리 생각해보고 온 듯한 인상이었다.

"아, 그러시군요. 앉으세요."

"고맙네."

나는 할아버지를 내가 가진 두 의자 중 입구와 마주보는 의자로 안내했다. 주방에는 식탁으로 쓰는 작은 테이블이 있었고 의자가 두 개 있었다. 남자 혼자 사는 집이라 청소는 자주 해야 일주일에 한 번 하고 있었는데, 밥은 매일 먹으니 그나마 깨끗한 곳이 부엌이었고, 테이블은 그래도 치워져 있었다. 뜨거운 물을 데워 한국에서 가져 온 현미 녹차 티백을 하나 우려내 할아버지 앞에 놓았다. 나는 생수를 물컵에 한 잔 떠왔다. 무슨 일이라도 생기면 나는 뒤돌아 바로 문 밖으로 도망 갈 수 있었다.

할아버지는 조용히 차만 마셨다. 더 불안해졌다.

무슨 이야기를 하시려고, 저렇게 뜸을 들이실까. 아니, 애초에 여기 왜 오신거지. 오랜만에 만나는 한국인이 반가웠나. 그 한국인이 마침 자기 옆집에 살아서? 한참 생각에 빠져 있었을 때 할아버지가 찻잔을 테이블에 놓으며, 이야기를 꺼냈다.

"자네가 들은 이야기는 사실이 아니네."
"...예?"
"자네가 들은 이야기, 내가 조선인들을 죽였다는 이야기 말일세."
"..예? 저희 이야기 들으셨어요? 어떻게요?"
"자네 이런 일본집 처음 살아 보구만. 특히 여긴 더 심한데 그려."
".. 뭐가요?"
"벽은 의미가 없다네. 벽은 소리를 막는데는 의미가 없어."

나는 옆집에서 아무런 소리가 나지 않기에 할아버지가 소리에 조심한다고 생각하지 않고, 벽이 튼튼하다고 생각했는데, 아니었다. 할아버지는 우리의 이야기를 듣고 있었다. 료스케는 그날 이야기에 몰입하는 나를 보고 신나서 꽤 높은 목소리로 이야기를 해주었다. 나는 그 사실을 인식하지 못했고, 할아버지가 집에 있을 것이라 생각하지도 못했다.

"오늘은 이 이야기를 하고 싶어서 왔네. 오해를 풀고 싶네. 한국인인 자네에겐 특히. 잠시 내 이야기를 들어주겠나?"

-

할아버지는 자신에 대해 떠도는 소문을 알고 있다고 했다. 예전에는 일본군이었고, 조선인들을 잔혹하게 죽이고 손목을 자르고 귀를 자르는 것으로 유명했었다는 사실 말이다. 오래 전부터 한 연구자가 자신을 찾아와 이것저것 물어간 적이 있었다고 했다. 그때에도 할아버지 자신은 그건 사실이 아니라고, 자신은 징집당한 불쌍한 조선인 청년일 뿐이었다고 항변했다 했다. 하지만 연구자가 사실 확인을 요청한 것 중 한 가지는 사실이었다고 했다. 이때 할아버지의 눈빛이 살짝 흔들리는 것처럼 보였던 것은 나만의 착각이었을까. 그 한 가지는 자신이 양반 딸의 손목을 잡았다는 것이었다.

함께 도망을 가려고 했었다는 할아버지. 식민지 상태에서 벗어날 수 있을 것이라 상상할 수 없는 이상 양반 딸 역시 양반에게 이용 당할 수 밖에 없었다. 이용이란 가세를 유지하기 위해 자신의 딸을 일본인 유력자와 결혼시키는 것이었다. 일본인과의 결혼식 날짜가 잡히고, 결혼 준비가 진행되는 모습을 할아버지는 참을 수가 없었다고 했다. 아무도 몰랐지만, 자신과 딸은 연인 사이였다고 했다. 몰래 키워 온 사랑이 일본인과의 결혼으로 무너지는 것을 지켜 볼 수 없었던 할아버지는, 함께 도망가자고, 서울이 든 일본이든 어디든 도망을 가자고 딸을 설득했다고 했다. 딸 역시도 원치 않는 일본인과의 결혼을 하기 싫어 할아버지의 설득을 받아들였다고 했다.

함께 도망을 가기로 했던 날, 양반 딸의 손목을 잡 고 집 문을 나서는데 양반과 그의 부인 그리고 함께 일하던 머슴들이 문 밖에 서 있었다고 했다. 평소에 는 조용하고 침울해 보이기 까지 하던 딸이 어느 날 부터 생기를 띠고 지내는 모습을 그의 어머니는 이 상하게 생각했다고 했다. 딸을 지켜보고 있었던 그 의 어머니는, 딸이 옷을 담은 가방을 숨겨 놓고 새 신발을 꺼내 놓은 것을 보았다 했다. 만약 도망을 가 기 전에 짐에 대해 먼저 물어본다면 결혼을 한 뒤 들 고 갈 짐이라고 둘러댈 수 있으니 도망가는 그 순간 을 잡아야겠다는 계획이 있었던 것처럼 보였다고 할 아버지는 설명했다.

할아버지는 그날 손목이 잘렸다고 했다. 그리고 이후 이어진 이야기는 실제로 징집이 있었고, 자기 는 양반의 아들 이름이 아니라 자신의 이름으로 징 집이 되었노라, 설명을 이었다. 일본에 왔던 것은 사 실이지만, 자신은 결코 조선인들이 손목이나 귀를 자른 적이 없다고 했다. 그건 다 일제가 꾸민 거짓말이라고 했다. 효과를 극대화하기 위해 일본군이 되고 싶어 자신이 다시 손목을 잘라 혈서를 썼다는 것까지, 모두 거짓이었으며 자신에게 그런 기록이 있다는 사실을 재판에 가서야 알게 되었다고 했다. 하지만 할아버지는 그 덕에 자신이 지금까지 살아 있는 것은 결국 자신이 일본에 있었기 때문이기도 하며, 다행스러운 일이라고도 했다. 전쟁에 나갔으면 총알받이가 아니라 그 이하의 취급을 받았을지도 몰랐기 때문이라 했다. 징집된 전범이었음에도 불구하고 재판에서 10년의 징역을 받았던 것은 어쨌든 1년간 일본 제국주의 홍보의 최일선에 자신이 동원되었기 때문이지만, 단 한 번도 자신은 일본의 승리를 위해 그 어떤 것도 결코 하지 않았다고 말하는 할아버지의 눈빛에서는 단호함 마저 느껴졌다.

나는 믿을 수 없었다. 두 이야기가 너무나 달랐다. 가능하다면 직접 이 이야기의 진실을 확인하고 싶어졌다. 아마 할아버지가 말하는 연구자가 지금 료스케가 듣고 있는 수업의 교수일지도 몰랐다. 다음 주에 꼭 수업 청강을 해야겠다고 생각할 때 할아버지가 남은 이야기를 이었다.

할아버지는 자신이 하는 일인 묘지 관리인은 사실 징집된 조선인들의 뼈들이 있는 묘지이기에 관리를 하고 있다고 했다. 한국으로 돌아가도 자신을 반

겨줄 가족 하나 없었던 할아버지는 일본에 살면서, 일본에서 죽은 당시 조선인들의 수습되지 못한 시신과 화장되고도 제대로 관리되지 않는 납골함들을 모아 묘지에 모셨다고 했다. 그리고 그 중 하나의 납골탑에 자신이 연모했던 양반 딸의 납골함도 있다고 했다. 본격적인 전쟁이 시작된 이후 일본 본토는 결코 안정된 공간이 아니었다고 했다. 결국 일본인과 결혼을 하고 일본으로 건너와 살던 양반의 딸은 첫째 아들을 낳게 되었는데 얼마 지나지 않아 산후우울증으로 자살했다는 소식을 들었다고 했다. 일본군의 선전 활동에 동원되던 할아버지는 우연히 마주친 고향 조선인을 만나 그 사실을 듣게 되었다. 할아버지는 잠시 시간이 난 틈을 이용해 양반 딸이 결혼한 집을 찾았고, 전쟁 중이라 제대로 수습되지 못한 채 바닥에 널부려져 있는 양반 딸의 시신을 간신히 수습하고 화장까지 했다는 이야기였다.

"그 유골함이 들어있는 유골탑이 어떤 것인지 자네도 알고 있으리라 생각하네."

유난히 깨끗한 대리석 유골탑. 나는 나도 모르게 할아버지의 이야기에 푹 빠져 버렸다. 첫사랑을 잊지 못하는 순정적인 사람. 차마 이루어지지 못했다 할지라도 죽음 이후 인간의 존엄성은 훼손되지 않기를 바랐던 사람. 그리고 그 유골을 지금까지고 소중히 간직하고 관리하는 사람. 할아버지는 료스케가 이야기했던 것과는 전혀 다른 사람이었다.

할아버지는 오랜만에 쓰는 우리말을 틀린 건 아닌지 걱정된다 하시며, 같은 조선 사람을 만나니 반갑다고 하셨다. 너무 많은 이야기를 한 건 아닌지 하시며 죄송하다고 말하며 다시 문을 나섰다.

나는 할아버지의 이야기를 천천히 그리고 더 많이 들을 수 있으면 좋으련만, 하는 아쉬움이 생겼다.

-

할아버지의 이야기를 들었지만 목요일의 수업 청강은 가보기로 했다. 료스케에 대한 신뢰를 잃은 것은 물론이거니와 수업을 진행하는 교수님도 결국은 일본의 입장에 서 있는 일본인이구나 하는, 경멸의 감정이 들었던 것도 사실이었다. 개인의 삶을 바꾸는 어쩌구저쩌구, 이런 이야기보다 결국 조선인도 조선인을 미워했다는 말을 하고 싶었던 게 아닐까 생각했다.

수업을 듣는 학생은 많지 않았다. 20명 남짓한 학생들 사이에서 료스케를 찾았지만, 보이지 않았다. 내가 분명 어제 수업 청강하러 갈거니까 같이 수업 듣고 점심을 먹자고 했지만 료스케는 오지 않았다. 늦잠을 자고 있을테지.

3년이 지나도록 익숙해지지 않는, 수업 시작 종이 울리자 교수님이 교실로 들어왔다. 40대 중반 정도로 보이는 교수님이었는데 지나치게 진지한 얼굴인 듯 해 웃는 모습을 상상할 수 없었다. 굳이 상상할 필요도 없었지만. 나는 사실 좀 가벼운 마음이었다. 지금 이 수업을 하는 교수님이 진짜 할아버지를 찾아온 연구자였고, 연구를 통해 내린 결론이 이 수업이라 할지라도 나는 직접 할아버지에게 그것들이 진짜 사실인지 물어볼 수 있는 곳에 살고 있었다. 할아버지는 자신의 이야기를 내게 들려줄 것이고, 판단은 내가 하면 되는 것이었다. 그럼에도 한국인을 싫어하는 일본인보다, 지금은 일본인이지만 한국인이었던, 아니 조선인이었던 할아버지의 이야기를 믿는 편이 낫다는 것에 마음이 끌린 것도 부정할 수는 없었다.

-

몸이 달달달 떨리기 시작했다.

-

교수님의 설명은 이랬다. 지난 시간에 '전덕환' 일본명 가네모토 히로스지에 대한 설명 중 중요한 내용을 빼먹고 알려주지 않은 것이 있다고 입을 뗀 뒤, 전덕환은 자신이 저지른 짓을 정당화하기 위해 스스로를 세뇌시켰다는 점을 꼭 언급하고 싶다고 했다. 전덕환은 스스로가 저지른 짓들을 만약 조선인들이 알게 되면, 자신을 결코 살려두지 않을 것임을 알고 있었다. 만약 조선인들에게 잡히거나 아니면 조선이 독립을 하게 된다면 자신이 저지른 짓들이 결코 자신이 원해서 한 일은 아니라는 것을 어떻게 설명할 것인지에 대해 적은 노트가 발견되었다고 했다. 그 노트에는 변명을 위한 시나리오 뿐만 아니라 조선반도를 돌아다니며 자른 손목의 개수, 귀의 개수도 적혀 있었다. 변명을 하기 위한 시나리오에는 양반 집 딸과 자신은 연인 관계였으며, 자신이 그 딸의 시신을 수습했다는 거짓말까지 적힌 노트에는 자신을 천민 취급한 조선인들에 대한 분노가 처절하게 서술되어 있었다는 교수의 말을 듣는 나는 눈 앞이 하얘지는 느낌이 들었다. 무엇이 진실인거지.

패전 직전에 적힌 노트의 마지막 장에는 아무도 알아볼 수 없는 기호 같은 것으로 자신이 죽인 조선인들의 귀가 담겨 있는 나무 상자를 숨긴 위치를 적어놓았다고 했다. 마지막 장이 적힌 날짜를 보면 패전의 징후가 명확했던 시기였고, 만약 자신이 전범재판 이후에도 살아남을 수 있다면, 그 귀들을 꼭 찾아서 평생을 저주하며 살아갈 것이라는 저주 섞인 문장과 그 귀들을 담은 상자를 넣을 탑의 모양을 그린 스케치로 노트는 끝나 있었다. 교수는 할아버지의 노트 마지막 장의 사진을 프레젠테이션 화면에 띄워 놓고, 지난 시간에 하지 못했던 이야기를 마저 한다고 했다. 교수의 표정은 처음보다 더욱 진지해져 있었다. 아마 누군가 나를 보았다면, 내 표정도 교수 못지 않게 진지하다고, 아니 겁에 질렸다고 표현할 지도 몰랐다.

교실 앞쪽 스크린에는, 유난히 깨끗했던 대리석 유골탑의 그림이 희미하게 보였다.

-

수업을 마친 뒤에도 집으로 돌아갈 수 없었다. 무엇이 진실인지 알 수 없었고, 만약 할아버지가 말한 것이 사실이라면 할아버지는 억울한 누명을 쓴 사람이겠지만 교수님이 한 말이 사실이라면 우리집 옆집에는 같은 민족을 죽인 살인자가 살고 있었기 때문이었다.

료스케에게 전화를 걸었다. 잠에서 덜 깬 목소리로 전화를 받은 료스케에게 오늘 수업에서 들었던 이야기와 할아버지가 직접 집에 와서 나에게 해주었던 이야기를 바르게 전했다. 나는 내가 이렇게 일본어를 빨리 말할 수 있는지 스스로도 놀랄 정도였다. 내 이야기를 다 들은 료스케는, 그래도 일단 집은 가야 하지 않겠냐고, 이미 다 늙은 할아버지인데 너한테 무슨 해코지라도 하겠냐고, 그냥 넌 모른 척 하고 다시 예전처럼 눈인사 정도만 하는 사이로 돌아가는 건 어떻겠냐고, 자신이 낼 수 있는 최선의 답인 것 같은 이야기를 료스케는 대충 말하고 있었다. 자신의 일이 아니었기 때문인 듯 했다.

그래. 일단 집으로 가자. 나는 집으로 향했다. 그리고 최대한의 조심성을 발휘하기 시작했다. 할아버지가 집으로 들어가고 난 뒤에 내가 집으로 들어가기 위해 3시간 넘게 맨션 입구가 보이는 곳에서 서 있었다. 늦은 오후 무렵이 되자, 할아버지가 묘지에서 나와 맨션 입구로 들어가는 모습이 보였다. 엘리베이터를 탔는지 잠시 모습이 보이지 않던 할아버지가 5층에서 그 모습을 드러내었다. 개방된 복도식이었고, 건물 밖에서도 할아버지가 집 안으로 들어가는 모습을 볼 수 있었다. 할아버지가 집으로 들어가는 것을 확인하고도 10분 동안 다시 나오시지는 않는지 살펴본 뒤에, 나는 엘리베이터도 타지 않고 계단으로 발걸음을 죽이고 5층으로 올라갔다. 자신의 심장 박동 소리를 원래 사람이 들을 수 있었나. 귀에서는 규칙적인 소음이 울렸다. 심장 박동 비슷한 소리가 울렸다. 주변에 큰 도로라도 있으면 내 소리가 묻

89

히기라도 할텐데, 단차선 도로만이 집 주위를 둘러 싸고 있었던 탓에 차 소리는 들리지 않았다. 자전거 한 대 지나가지 않는 늦은 오후 시간 적막함과 스산 함이 동시에 느껴지는 중에 바람소리도 들리지 않는 듯 했다. 나는 간신히 집에 도착해서 있는 힘껏 조용 히 문을 열고 들어왔다. 다시 문을 조심스럽게 닫으 려 하는 찰나 손잡이에 걸쳐둔 투명 비닐 우산이 갑 자기 떨어지며 철제 문을 퉁, 하며 쳤다. 조용한 복도 에 소리가 공명했다. 집 앞으로 자전거 한 대가 차임 벨을 울리며 지나는 소리가 길게 이어졌다.

사실이 무엇이든 여기서는 불안해서 더 못살겠다 생각을 하며 발소리를 내지 않고, 침대가 있는 장판 방으로 발걸음을 옮겼다.

'띵동'

"…"

'띵동'

"…"

'띵동'

"계시는가?"

"..."

"금방 들어가는 소리를 들었는데..."

"..."

"... 혹시 무슨 다른 이야기라도 들은겐가?"

처음하는 마지막 여행

0.

이미 늦었다는 것은 알고 있었다. 들어갈 수 있을까. 여기를 들어간다면 돌아갈 수 있을까. 유리문에 달린 스테인리스 손잡이를 잡았다. 차가웠다. 늦여름임에도 밤이 되면 철은 차가워지는구나, 하는 생각이 순간 들었다. 차갑다는 생각과 동시에 흔들지 않아도 이 문은 잠겨 있다는 것을 확신할 수 있었다. 유리문 안, 매표소가 있는 홀은 플랫폼으로 향하는 문 위에 달린 비상구 표시만이 대리석 바닥에 비친 채 검기만 했다. 작은 간이역이어서 유리문과 기차를 탈 수 있는 플랫폼 사이가 그리 멀어 보이지 않았다. 그래도, 그래도 혹시 문이 열려 있고 지금이라도 이벤트처럼 운행하는 기차가 있다면 나는 그것을 타고 지금 이곳을 당장 벗어나고 싶었다. 손잡이를 당겼다.

문은 닫혀 있었고, 시간은 새벽 2시 30분이었다. 그리고 선희는 지쳐 있었다.

1.

"같이 여행 안 갈래?"

"여행? 갑자기? 너 여행가는 거 별로 안좋아하잖아."

"안좋아하는 건 아냐. 그냥 여행갈 시간이 안나니까 안가버릇 하다보니 그렇게 된거지."

"그래? 내가 작년 여름에 같이 여행 가자고, 휴가 맞춰 가자고 했을 때 싫다고 그랬던 거 같은데."

"... 그래서? 여행 갈 거야? 말거야?"

"왜 정색을 하고 그래? 가자. 우리 요즘 이야기도 많이 못한 듯 한데, 여행이라도 가면 이야기 할 시간 많겠네. 근데 어디 생각해둔 데는 있어?"

"강원도 쪽 가보고 싶네. 제대로 가 본 적이 없는 거 같아서."

"바다 보고 싶나 보네. 너 안그래도 최근에 스트레스 많이 받는 거 같던데. 좋지, 바다."

"아니, 바다 말고. 산. 사람 없는 좀 조용한 곳."

"그래? 그래, 뭐. 산이든 바다든 너 가고 싶은데 가자."

"넌 의견이 없어? 왜 내가 하자는 대로 다 해?"

"응? 너가 여행 가자며. 여행 가고 싶은 사람 의견을 존중하는건데.. 왜 그래?"

"아냐아냐. 미안. 너 말대로 내가 요즘 스트레스를 좀 많이 받았나 봐. 내가 좀 더 생각해 보고 위치랑 날짜 대충 정해지면 알려줄게. 그럼 너도 그 일정에 맞추면 좋겠어."

"그래, 뭐. 여름 휴가 아직 안 쓴 거 있으니까 네가 일정 말해주면 내가 맞춰볼게. 그리고 너무 스트레스 받지 말고. 힘든 거 있으면 이야기 해. 내가 해결은 못해줘도, 들어는 줄게. 알겠지?"

"응, 고마워. 근데 우리 이번 여행을 마지막으로

헤어지자."

3.

　선희를 만나고 집으로 돌아왔다. 최근에 관계가
소원해지긴 했어도 헤어지고 싶을 만큼은 아니라고
생각했다. 이것도 나만의 생각일까. 그래도 8개월 동
안 나와 선희는 서로에게 꽤 큰 힘이 되었다고 느꼈
었다. 연애에서의 흔한 주도권 싸움 같은 것도 없었
고, 내가 선희의 몸을 욕심냈을 때는 선희는 마치 그
시간이 어서 오기를 기다린 듯 하기도 했었기에, 우
리 사이의 연애에 대해 불만 혹은 불만족은 없었다.
그래서 우리가 헤어질 정도의 무슨 큰 사건이 있었던
가 하는 생각을 해보았지만, 선희로부터 여행을 끝
으로 헤어지자는 말을 들은 그 자리에서 반박은 하
지 못한 채, 집으로 돌아왔다.

　요즘 무슨 일인지 선희는 회사에서 받은 스트레
스를 그래도 집에 싸들고 오는 듯 했다. 얼마 전까지
만 해도 아직 설립된 지 1년도 채 안된 스타트업에서
일하게 되었던 선희는, 스타트업인 만큼 성장의 기
회도 많고 자신의 역량을 높일 수도 있다며 나에게
자랑스럽게 말했었다. 립스틱을 소분해서 판매하는
'오늘의립'이라는 회사라고 했던 것 같은데, 화장품
에도 관심이 많고 또 평소에 글을 쓰는 것을 좋아했
다며, 선희는 마치 이 직장은 자신을 위해 세워진 것
이 아닌가 싶다고 까지 말할 정도였다. 나는 립스틱

을 판매하는 회사와 글을 쓰는 일이 무슨 상관인지 물어본 적이 있는데, 자신들이 운영하는 어플리케이션에 매일 이용자들의 공감을 불러 일으킬 수 있는 글귀를 '립서비스'라는 이름으로 띄웠고 여기에 자신이 쓴 글이 채택되어 자주 업로드 된다고 했다. 립서비스? 보통 부정적인 뉘앙스로 쓰이는 단어가 아닌가 싶기도 했지만, 요즘에는 별의별 서비스들이 다 있으니 나는 그냥 선희가 만족하고 있으면 됐다 하며 넘겼다. 충북 청주의 한 대학을 졸업한 선희는, 평소 IT 관련 회사 취업하기를 원했지만 청주에서는 일을 할만한 IT 회사 자체가 없다고 판단해서 졸업을 하자 마자 서울로 왔다. 그리고 취업에 필요한 스펙을 만들기 위해 토익 학원을 다니다가 우연히 만난 고향 언니인 혜주를 만나 '오늘의립'에 인턴으로 취업할 수 있었다. 혜주라는 언니의 친구가 '오늘의립'의 공동대표 세 명 중 한 명이었는데, 마침 사람을 구하고 있었다고 했다. 선희에게 있어서는 바로 그 순간이 자신의 삶이 성공의 궤도에 올라간 순간이라고 여겼다. 탈선도 없고, 뒤로 돌아가지도 않는 성공만을 향해 달려가는 궤도.

나를 만나게 된 것도 회사 일과 관련된 것이 그 시작이었다. 나는 선희의 회사와 계약한 세무사 사무실의 직원이었다. 세무사 사무실이었지만 선희의 회사 정도의 직원이 채 10명도 되지 않는 규모의 스타트업인 경우에는 세금 신고 대행 뿐만 아니라 노무

관련 일도 동시에 진행했다. 나는 이 세무사 사무실에서 노무를 전담하는 사무원이었다. 원래 꿈은 노무사였는데, 3번의 도전을 마지막으로 꿈을 포기하고 노무 일을 하는 세무사 사무실에 취업할 수 있었다. 노무 일을 하고 있으니 큰 틀에서 보면 내 꿈을 이뤘다고 해야 할까. 선희는 내가 일하고 있던 세무사 사무실로, 입사한 지 한 달도 되지 않은 직원이 갑자기 퇴사하게 되면 어떤 처리를 해주어야 하는지를 묻는 전화를 걸었고, 이 전화를 시작으로 우리는 종종 업무적으로 만나게 되었다. 그러다가 나이도 같고, 고용된 말단 직원으로서의 입장 역시 비슷했기에 자연스럽게 사귀기 시작했다. 선희에게 말하지는 않았지만, 나는 우리가 사귀기 시작하면서 영화 '방자전'에 나오는 대사 중에 춘향이가 방자에게 하는 대사가 떠오르기도 했다. '우리끼리 이러면 안되잖아.' 천한 것들이 만나 결혼을 하고 애를 낳으면, 또 천한 것을 낳을 수 밖에 없지 않냐는 이야기였다. 저 대사가 나오는 장면이 베드신이었음에도 불구하고 나는 여배우의 벗은 몸보다 저 대사가 한참 동안 머리 속에 남았다. 말단 사원으로서, 아직 그 어떤 전문성도 갖추지 못한 나와 선희가 만나는 것이 우리의 삶에 있어 상향의 신호가 될지 하향의 신호가 될지는 확신할 수 없었다. 하지만 나는 짐짓 하향이라 생각하고 있었는지도 몰랐다. 노무사가 되기를 포기한 나와 고향을 떠나 서울로 일자리를 찾아 왔지만 이름도 없는 스타트업에서 일하는 선희. 우리는 아무래도 주류가 될 수는 없을 듯 보였다.

이런 나의 생각을 선희에게 직접 말하지는 않았다. 왜냐하면 선희는 달랐기 때문이다. 지방에서 올라온 사람들이 갖는 서울에 대한 환상을 잃지 않고 있었다. 선희에게서는 서울에서 일을 하는 것 자체가 주는 건강한 긴장감이 있었다. 우리가 처음 사귀었던 8개월 전의 선희는 전형적이라고 할 수 있을 정도로 노력하는 사람의 활기를 풍겼다. 나는 내심 속으로 언젠가 선희가 노력에게 배신을 당하면 어떻게 위로해줄까 생각하며 선희를 묵묵히 응원했다. 나 역시 4년 간 노무사 시험 공부를 하며, 노력이라는 이 두 글자가 만든 길을 걸었고, 나는 걸었기에 뛰는 사람에 패배해 버린 경험이 있었다. 걷지도 기지도 못할 좌절의 순간들이 속절없이 흘러가는 사이, 아무도 나에게 제대로 된 위로를 해준 적은 없었다. 너라면 될 수 있을 줄 알았는데, 라고 말하는 친구들과 우리 아들 믿어, 라고 말하는 부모님과 내년이 진짜 마지막이라고 생각하고 한 번만 더 해보는 건 어때요? 라고 말하는 동료 수험생들의 말들 사이에 나는 숨이 막혀 죽을 위기를 여러 번 겪었다. 그 중에서도 가장 나를 옥죄였던 것은 '노력하면 성공하고, 노력하면 합격하고, 노력하면 부자가 될 수 있을 것'이라 믿었던 나 자신이었다. 누구도 원망할 수 없는, 노력이 나에게 준 배신의 경험이 있었기에 선희의 실패를 기다렸다. 이상한 말이지만, 선희를 사랑했기에 실패를 기다렸다고 생각했다. 선희가 얼른 좌절하기를, 좌절하고 포기하기를, 포기하고 실망하기를 기다렸다.

4.

"선희 씨, 정말 미안한데, 다음 달부터 야근 가능할까?"

"네? 야근이요? 지금도 8시 지나서 퇴근하는데 지금보다 더요?"

"알잖아, 지난 달에 태은 씨 갑자기 퇴사하고, 태은 씨 하던 업무. 다른 팀원들이 나눠서 하고 있는 거."

"네. 그래서 저도 태은님 하시던 일 조금 받아서 하고 있었긴 하지만.."

"그래, 그 '조금' 하던 일을 '확실히' 받아서 해줬으면 해서."

"근데요, 대표님.."

"응, 말해요. 선희 씨."

"태은님 하던 일을 제가 하고 있긴 해도, 태은님이 퇴사하시기 전에 미리 구성해놓은 립스틱 콤비네이션 시안들을 제가 지금 발주는 하고 있긴 한데, 태은님은 향장학과도 나오시고, 코스메틱 업계 경력도 있으신 덕에 매주 신규 립스틱 라인업 정해주셨었는데, 전 아직 거기까지는 못해요."

"선희 씨, 태은 씨라고 처음부터 잘했던 건 아니야. 우리 회사 들어와서 시행착오 거치면서 더 잘하게 된거지. 그리고 선희 씨, 일머리 좋잖아. 시간 나는대로 립스틱이랑 향장 공부 좀 하면 금방 태은 씨 하던 것 만큼 할 수 있을거야. 난 선희 씨 믿어."

"근데요, 대표님.."

"또 뭐? 아, 아냐. 선희 씨, 말해요."

"그럼 원래 제가 하던 일은 다른 팀원에게 인수인계를 하면 되나요?"

"그게 무슨 말이야? 선희 씨가 원래 하던 물건 발주랑 배송 관리, 회계, 노무 이런 건 그대로 해야지. 기본적인 일이잖아, 그런 일들은. 이제 우리 사람 곧 뽑을테니까 다음 달까지만 좀 고생해 줘. 응? 알겠지?"

"네.. 근데.. 저 립서비스 글귀는 계속 쓸 수 있는거죠..?"

"그거 계속 하고 싶어? 안그래도 요즘 그거 트래픽 잘 안나와서 없앨까 생각중이긴 한데, 선희 씨 하고 싶으면 계속 해 봐, 일단. 우리 서비스 초창기부터 있던 거니까 일단은 좀 두고 보자구. 알겠지? 선희 씨, 고마워."

"네.."

5.

씨발. 이러려고 서울까지 온 줄 알아. 지가 대표

104

면 뭐해? 하는 일이 없는데. 창업자 세 명 중에 유일하게 남았으면 자기가 일 제일 잘 알아야 되는 거 아냐? 왜 맨날 자기도 모르는 일을 다른 직원들한테 넘기냐고. 내가 생각했던 스타트업에서 일하는 건 이런 모습이 아니라고. 자유로운 분위기 좋아하시네. 님이라고만 부르면 그게 동등한 위치에서 말하는거야? 다들 자기들 하고 싶은 일만 하려고 하고, 하고 싶은 일 하게 되면 다른 일은 자기 업무 아니라고 신경도 안 쓰고. 그러다가 일 좀 많아지면 아무말도 없이 그만두거나 하고. 아니, 내가 무슨 대학로 연극에서나 있는 멀티맨이냐고. 나도 내 업무 하나 해내기도 벅찬데 왜 계속 나한테 새로운 일을 시키냐고. 야근을 시켰으면 저녁 식대도 주고, 야근 수당도 당연히 줘야 되는거 아냐? 나 지금 여기 일한 지 10달이 다 되어가는데 왜 난 계속 힘들고, 더 지치기만 하는거지?

아. 나 왜 계속 이러는거지. 지금 나 집에 와 있잖아. 지금은 집이잖아. 나 집에 와서도 왜 회사 생각해? 근데 나 저녁 먹었나? 저녁 먹을 시간은 있기나 했나? 이 미친 회사. 저녁 먹을 시간도 안주고 일을 시킨거야? 아냐, 지금 나 배 안고프잖아. 배가 안고픈거 보니, 저녁을 먹었던 거 같기도 한데. 돈까스 먹었잖아. 돈까스? 그거 어제 먹었는데? 아닌가? 맞네. 폰에 어제 찍은 사진으로 있네. 나 저녁 안먹었는데 왜 배가 안고프지? 배가 꼭 고파야 하는건가? 사

람은 안먹으면 안되는건가? 안자면 안되는건가? 지
금 몇 시지? 나 왜 하나도 졸리지가 않지? 1시 20분?
지금이 1시 20분이라고? 나 금방 집에 들어온 거 같
은데. 내일, 아니 오늘 또 출근해야 되는데. 지금 화
장 지우고 씻고 누워도 2시, 6시에 일어나야 되니까
4시간 자는건가? 근데 나 지금 왜 안졸리지? 몸은 피
곤한데 하나도 안졸려. 배도 안고파. 뭐지? 나 지금
혼자 무슨 생각하고 있는거지?

나 지금 살아 있는 건 맞는거지?

6.
"여행 언제 갈지 정했어?"
"... 응? 아, 여행. 가야지."
"아니, 가는 건 정했고 강원도로 가자, 까지 정했
어. 너 일정 정해줘서 알려준다고 그랬잖아."
"내가 그랬나? 내가 그랬어?"
"너 오늘 왜 이래? 오늘은 그냥 일찍 들어갈까?
너 요즘 힘들어하는 거 같아서 맛있는 저녁 같이 먹
자고 오랜만에 평일에 얼굴 보는 건데.."
"미안. 진짜 미안. 일단 어디든 식당 들어가서 이
야기하자."
"그래. 알겠어. 내가 고기 사줄게. 고기 먹자. 너
고기 좋아하잖아."
"고기? 고기는 안돼. 옷에 고기 냄새 벤 상태로 회

사 가면 대표님이 싫어해."

"응? 저녁 먹고 집에 가는 거 아니었어? 다시 회사 들어가봐야 돼?"

"응. 나 지금 잠시 나온거야. 저녁 먹고 다시 들어가야 돼."

"아니, 무슨, 너희 회사에는 일하는 사람이 너 밖에 없어?"

"지난 주에 희정 씨도 퇴사해서, 지금 나 희정 씨 일도 해야 돼. 그래서.."

"그때 그 희정 씨? 마케팅 담당한다던 그때 우리 코엑스에서 우연히 만났던 그 분? 희정 씨도 퇴사했어?"

"응.."

"근데 아직 퇴사 절차 밟아달라고 서류 안줬잖아, 나한테."

"내가 아직 안줬어? 미안. 그럼 지금 저녁 먹고 올라가서 메일로 보내줄게. 몰랐네."

"아니, 아니. 내가 지금 그걸 당장 달라고 이야기하는 게 아니잖아. 근데 너네 지금 회사 몇 명 남았어? 아, 미안. 나도 너희 회사 몇 명 있는지는 알고 있어야 되는데, 나도 요즘 바빴어서."

"3명."

"뭐? 3명? 대표님 포함해서?"

"아니, 대표님 빼고. 나, 고운씨, 주희씨."

"원래 작년까지만 해도 10명 정도 됐던거 같은

107

데.. 내 기억이 틀렸나? 한 명 씩 퇴사 절차 밟다보니 나도 그렇게 준 줄은 몰랐네. 그럼 지금 퇴사한 사람들이 하던 일을 세 명이서 나눠서 하는거야?"

"응.."

"진짜?"

"응..."

"선희야, 많이 힘들지?"

".. 응.."

"힘들면 포기 해도 돼. 노력한다고 무조건 다 성공하는 건 아냐."

"응? 무슨 말이야?"

"아니, 너 지금 노력해도 안되는 일 억지로 하고 있는거 같아서. 포기하면 좀 편해질거야."

".. 포기? 지금 내가 여기서 포기하는 건 어떻게 하는거야? 퇴사하라는 말이야?"

"아니. 퇴사하라는 말이 아니라, 노력하는 걸 포기하라는 말이지. 노력하지 말고, 시키는 일만 제대로 한다, 이런 생각으로 일을 하라고."

"나 그리고 있어, 지금. 시키는 일만 기계적으로 하고 있다고. 내가 지금 노력하고 있어서 힘든 것처럼 보여? 노력하다 보면 성공할 수도 있으니까, 성공하고 싶어서 내가 지금 이러고 있는 것처럼 보이냐고?"

"아니, 내 말은 그런 말이 아니라.."

"나 노력 안한 지 오래됐어. 아니지. 노력하긴 하

지. 살아남으려고 노력해. 회사에서 살아남는게 아
니라, 인간으로서 그냥 살고 싶어서 노력하고 있어.
설마 이 노력도 포기하라고 말하고 싶은 건 아니지?"

7.

여행은 가지 못할 뻔 했다. 노력하지 말고 포기하
라는 말에서, 삶을 포기한다는 말까지 나올 줄은 몰
랐다. 나는 아직도 내가 무엇을 잘못했는지 모르겠
다. 서점의 에세이 코너에 가면, 다들 하나 같이, 지
금이 소중하고, 자기 자신이 중요하며, 힘들면 쉬어
가도 되고 때론 포기하는 것이 도움이 된다는 내용
의 에세이들이 넘쳐났다. 그 책들은 맞고, 내가 하는
이야기는 틀렸다는 것일까. 나는 서울에서 태어나
서울에서 대학교를 졸업하고 서울에서 살지만, 선희
는 그렇지 않았다. 나 역시도 노무사의 꿈을 꾸기도
했었지만, 그건 여느 에세이들에서 하는 말처럼 포
기하니 편해졌다. 이야기를 들어보면 선희가 충주에
있는 대학교를 가게 된 건 결국 고등학교 때 공부를
포기했기 때문이었다. 노력하다가 포기한 경험을 이
미 갖고 있으면서, 왜 지금에 와서는 자신이 했던 소
중한 경험을 살리라는 이야기에 삶을 포기하라는 말
까지 나오는지 모르겠다. 지금 선희가 회사를 계속
다닌다면 정말 삶을 포기하는 것은 아닌가 하는 우
려도 들었다. 그것은 피해야 했다. 이건 남자친구로
서의 입장이 아니라 인간으로서의 의무감 때문이었

고, 선희보다 먼저 포기를 한 덕에 삶의 많은 부분들이 편해진 경험이 있기에 할 수 있는 인생 선배 입장에서도 해야 하는 일이었다.

바쁜 선희를 대신해, 내가 여행 일정과 장소를 몇 군데 골랐다. 강원도의 유명한 산에 묵을 수 있는 호텔이나 펜션을 알아보다가, 강원도는 기차를 타고 가기에는 애매한 장소라는 것을 깨달았다. 기차는 정확한 목적지에는 결코 우리를 데려다 주지 않았다. 강릉이나 속초 같이 해변에 있는 도시들에는 아직 기차들이 많이 다니고 있었지만, 대부분의 도시나 군 단위, 그러니까 산 속에 있는 곳들은 기차보다 버스가 더 유용한 수단이었다. 하지만 그곳에 도착한 후 그 동네를 조금이라도 자유롭게 구경하기 위해서는 차를 타고 가는 것이 가장 합리적인 수단이었다. 하지만 우리 둘은 차가 없었다. 차를 빌려서 가는 일정을 짜다 보니, 생각보다 돈이 많이 들었다. 둘이 처음 제대로 가는 여행인데, 이왕이면 좋은 차를 타고, 좋은 숙소에서 묵고 싶었는데 그럴수록 예산은 점점 더 높아져 갔다. 내가 여행경비 전부를 부담할 수도 없고, 선희라고 돈을 많이 벌지 않는다는 것을 뻔히 아는 상황에서 나는 업무 시간동안 숙박 사이트나 기웃거리다가 동료들로부터 핀잔 아닌 핀잔을 들어야만 했다. '태근 씨, 여자친구랑 어디 좋은데 가나 봐?', '좋을 때다.', '강원도 가나 보네? 강원도는 산보다 바다지.' 하는 의미도 없는 말들이 사무실 내 책상 위에 하나둘 쌓여갈 때 즈음, 렌트카 포함 숙박 이벤트 팝업창이 하나 보였다. '1박 2일 서울 출발-평창 콘도 숙박, 렌트카 포함 10만원!' 이게 가능한 가격인지 일단 들어가서 확인해보니, 시간적으로 급박한 것만 빼고는 모든 조건이 완벽했다. 평창에 있는 콘도에서 묵을 수 있었고 차는 준준형의 아반테였다. 그리고 무엇보다 평창은 스키장이 있을 만큼 산으로 둘러 쌓인 곳이었다. 선희도 마음에 들어 할 것 같았다.

선희에게 먼저 물었어야 했지만, 일단 예약을 했다. 시간은 다음 주 금요일에서 토요일, 1박 2일. 예약을 먼저 한 것은 이런 좋은 조건을 놓칠 수 없다는 생각과 동시에, 선희가 마음에 들어하지 않으면 취소하면 된다고 생각했기 때문이다. 결제를 마치자마자 선희에게 메신저로 연락했다.

1 '내가 우리 여행 좀 알아봤는데, 다음 주 금토 평창 어때?'

퇴근 시간이 넘도록 오후에 보낸 메시지의 답장이 오지 않았다. 많이 바쁜가. 일이 바빠졌다고 한 이후로 메신저 답장이 늦어지긴 했다. 그래도 한 두 시간이 지난 뒤에 답장은 왔었는데, 6시가 넘은 시간까지 답장이 오지 않은 적은 없었다. 걱정이 되는 마음과 동시에 왜 답장을 하지 않느냐는 핀잔의 마음을 동시에 담아 전화를 걸었다. 두 번째 시도 끝에 연결된 통화에 선희는 목소리에 힘이 없었다. 힘이 없다는 정도를 넘어 내가 사람과 통화를 하고 있나, 아니면 미리 녹음된 음성 파일과 통화를 하고 있나 싶을 정도였다. '응', '응', '응', '알겠어.' 이 네 마디를 들었다. 전화 받을 수 있어? 메시지 봤어? 다음 주에 여행갈까? 내가 평창 쪽으로 예약했는데 거기로 가자. 내가 말한 네 문장이었다. 선희는 내 말을 제대로 듣긴 한걸까 싶었다. 나는 일단은 일정은 확정되었으니 한숨 덜었다고 생각했지만, 그래도 선희가 걱정되는 건 어쩔 수 없었다. 나는 통화가 끝나고, 다시 메시지를 보냈다.

1 '시간 나면 다시 연락 부탁해. 너무 무리하지 말고. 포기하면 편해.'

그날이 지나도록 답장은 없었다.

9.
"대표님, 저 회사 그만두려구요."
"선희 씨, 잠시만. 지금 나 뭐 생각중이었어서."
"네?"
"아니다. 그래. 뭐라고? 다시 한 번 말해줘."
"회사 이번 달까지만 다니고, 그만 두려구요."

112

"갑자기 그게 무슨 소리야? 지금 우리 회사 사정 알잖아. 안그래도 사람 없어서 힘든데, 선희 씨까지 왜 그래?"

"사람이 없어서 힘들어서, 그래서 그만두려구요."

"다음 달에 사람 뽑을거라고 그랬잖아. 조금만 기다리면 괜찮아질거야. 그리고 이번 달까지 일하고 그만두는 게 말이 돼? 그만두더라도 다음 사람 뽑고 인수인계나 교육은 하고 그만 둬야 될 거 아냐? 아, 정말. 나도 나이 그리 많진 않은데, 진짜 요즘 젊은 사람들 끈기 없다. 힘들다고 포기하면 그 뿐이야? 회사 생각은 안해?"

"대표님.."

"뭐! 왜?"

"지금 제가 갑자기 그만둔다고 생각하시는거에요?"

"그럼 이번 달까지 하고 그만둔다는데 갑자기 그만두는거지, 그럼 아냐?"

"사람 없어서 힘들다고 말한 지 4달이 넘었어요. 그리고 제가 계속 지금 혼자 하는 일이 너무 많다고 계속 말씀드렸었구요."

"그래서? 그래서 지금 선희 씨가 그만 두는 게 내 탓이라는거야?"

"누구 탓이라는게 아니라, 제가 회사 걱정을 하는 만큼 대표님도 회사 걱정을 하셨으면 저까지 그만두는 일은 없었을거라는 말씀이에요."

"뭐라고? 지금 뭐라고 그랬어?"

"그리고 대표님, 요즘 젊은 사람들 끈기 없다고 그러셨는데, 대표님이랑 저랑 몇 살 차이 안나요."

"내가 지금 나이 이야기하자고 그랬어? 그래서? 몇 살 차이 안나는 대표라 대표로 안보인다 이거야?"

"... 대표님. 그리고 저는 포기한 게 아니에요. 저는 포기한 게 아니라, 선택에 실패한 것 뿐이에요. 잘못된 선택에 대한 책임으로 그동안 이 정도로 고통받았으면, 저는 그 선택에 대한 그리고 실패에 대한 책임은 충분히 졌다고 생각해요. 전 정말 제게 주어진 기회를 소중히 생각했고, 그걸 꼭 좋은 결과로 내고 싶었어요. 노력했어요. 근데 저 혼자만의 노력으로 되는 게 있고, 되지 않는 것이 있다는 걸 여기서 배웠어요."

"그만해. 지금 뭐하자는거야? 지금 누가 누구한테 설교를 하고 있어!"

"대표님, 죄송해요. 근데 이 말만은 꼭 들어주세요. 전 포기한 게 아녜요. 전 선택에 실패한 거지, 포기한 게 아니에요. 이번 달까지 일하고 그만둘게요. 그리고 다음 주 금요일에 남은 휴가 하루 쓸게요."

10.

여름의 평창은 검었다. 나무에 잎이 있고, 하늘은 푸른데 평창은 검었다. 나무가 많으면 산이 검게 보

114

일 수도 있는구나, 하는 생각을 선희는 태근이 운전
하는 차의 조수석에 앉아서 생각했다. 선희는 금요
일이 되기 전까지 정신없이 일했다. 대표는 이제 선
희를 대놓고 막 대하기 시작했다. 이제 곧 그만두는
사람에게 가질 선의 따위는 없어 보였다. 설령 당장
선희가 다음날 그만둔다고 해도 이상할 것이 없는,
경계에 있는 듯 보이는 하루들이었다. 선희가 해야
할 일이 하나 더 생긴 건 어찌 보면 당연했다. 새로운
사람을 뽑기 위한 채용 공고를 각종 취업 사이트에
올리는 것. '채용 예정 인원 : 0명'. 채용 공고에 10
명 안쪽의 사람을 뽑는 경우 올리는 흔한 표현이긴
했어도 선희는 이 공고를 올리며 아무도 이곳에 지
원하지 않기를, 특히나 자신처럼 지방에서 올라와서
서울에 대한 그리고 스타트업에 대한 환상을 갖고 있
는 사람이 지원하지 않기를 바랐다. 그러면서도 또
한 편으로는, 지금은 사람이 적어서 힘들지, 팀원이
다시 많아져서 회사가 정상 궤도에 올라 제대로 굴러
가게 된다면 누군가 꿈을 이루는 회사가 될지도 모른
다는 생각도 동시에 들었다. 휴가를 내고 여행까지
온 마당에 회사 생각을 하고 있는 자신의 처지가 웃
겨 선희는 비웃음 섞인 희미한 웃음을 살짝 지었다.

"여행 오니까 좋은가 보네."

"응?"

"아니, 금방 너 웃는 거 같길래. 너 웃는 거 되게

오랜만에 본다."

"아, 금방? 웃긴 웃었는데 웃겨서 웃은 건 아냐. 그냥."

"웃겨서 웃는 게 아닌 웃음도 어쨌든 웃음이니까."

"그래, 뭐. 그나저나 미안해."

"뭐가?"

"아니, 내가 일정 알아본다고 그랬는데, 네가 다 했잖아."

"아, 아무것도 아닌데 뭘. 그리고 우리 사무실은 지금 시기에는 별로 할 일 없어서. 연말이나 연초에나 많이 바쁘고, 여름엔 그냥 일상적인 일만 해도 충분히 돌아가. 내가 뭘 영업을 해야 되는 것도 아니고, 그냥 난 시키는 일만 하면 되고 시간 많으니까."

"나도 그런 회사 들어가고 싶다. 시키는 일만 해도 되고, 시간 많은 회사."

"너 말은 그렇게 해도, 넌 우리 회사 오면 답답하다고 그럴 걸. 아니면 갑갑하다고 하거나. 그래도 너도 처음 지금 회사 들어왔을 때는 회사 되게 좋아했잖아. "

"내가 그랬었나? 아, 그랬었지. 그땐 이런 회사인 줄 몰랐지."

"근데 너 회사 그만두고는 뭐하려고?"

"일단 좀 쉬고 싶어. 그동안 저금한 돈으로 몇 달은 버티지 않을까. 차라리 잘렸으면 좋았을 걸. 잘렸

116

으면 실업급여라도 받을 수 있는데."

"그러게. 실업급여는 자발적 퇴사한 사람은 못받
잖아."

"응. 역시, 전문가야."

"전문가는 무슨. 그런 건 상식이지."

"칫."

이런저런 이야기를 하던 중 태근이 예약한 숙소
의 입구가 보였고, 태근은 들리는 혼잣말로 '다 왔
다!' 라고 말하며 차를 숙소의 주차장으로 운전해 넣
었다. 호텔 계열의 콘도였고, 식사는 제공하지 않았
지만 조리가 가능한 숙소였기에 태근과 선희는 오
전에 서울에서 마트에 들러 저녁에 먹을 고기와 음
식들 그리고 술들을 사서 출발했다. 둘 모두 평소에
도 많이 먹는 편이 아니었기에 과자 상자 하나에 술
과 음식 모두가 들어갔다. 주차장에 차를 주차한 후
뒷자석에서 음식을 담은 상자를 꺼내든 태근이 선희
에게 말했다.

"아, 맞다. 여기 콘도에 묵는 사람은 목욕탕 자유
롭게 쓸 수 있어. 리셉션 가서 우리가 묵는 콘도 호
수 이야기하면 목욕탕 티켓 줄거야."

"정말? 여기 목욕탕이 있어?"

"여기 아마 나름대로 온천 뭐 비슷한 거 있어서
그럴거야. 아니면 말고."

"칫, 그게 뭐야. 여튼 목욕탕은 있다는 거잖아?"

"응. 그건 확실해. 그리고 일반 목욕탕도 아니고 되게 고급진 목욕탕."

"와, 좋네. 근데 우리 둘이 같이 들어갈 수는 없는거잖아?"

"그건 당연하지. 나도 마음 같아선 같이 들어가고 싶은데.."

"뭐래니."

태근과 선희는 각자의 짐과 음식이 담긴 상자를 들고 리셉션에 간 뒤, 예약자인 태근의 이름을 말하고 숙소의 키를 받았다. 그리고 선희가 목욕탕에 대해서 다시 한 번 직원에게 묻자, 새벽 5시부터 저녁 9시까지 이용이 가능하며 횟수에는 제한이 없다는 답을 들었다. 선희는 만족스러운 표정으로 태근을 바라보았다. 어제까지만 해도 죽을 것 같은 인상이었던, 아니 심지어 오늘 아침에 만날 때까지만 해도 혈색도 좋지 않았던 선희의 얼굴에 생기가 도는 것을 본 태근은, 자기는 역시 선희를 도울 자격이 있는 사람이다 생각했다. 이들이 콘도에 도착한 시간이 오후 3시 반이었고, 평창 인근의 관광지를 둘러보고 와서 저녁을 먹기 전에 목욕탕에 들르면 될 것이라는 생각은 굳이 둘 모두의 입에서 나올 필요는 없는 듯 보였다.

11.

"가까이에 오대산 월정사라는 곳이 있던데."

"월정사? 어디서 들어본 이름인데?"

"그래? 난 처음 들어보는데. 거기 한 번 가보자. 여기서 멀지도 않아."

"그래? 산 이름이 붙어 있으니 산 속에 있는 절이겠지?"

"아마 그렇지 않을까. 한 번 인터넷에 찾아볼까?"

"미리 찾아본 거 아니었어?"

"아, 찾아본 건 아니고, 아까 운전해서 들어오는데 도로표지판에 있더라도. 그 갈색 표지판으로."

"난 또 미리 찾아보고 온 줄 알았네. 그럼 더 감동받았을지도 모르겠네."

"난 원래 숙소만 정하고, 여행은 그곳에서 필 받는데로 그냥 가는 스타일이라. 그러면 기대를 안하니, 실망도 안해서 좋더라고."

"난 미리미리 찾아보고, 동선 짜고, 시간도 생각해서 하는 스타일이긴 한데, 우리 참 많이 다르다."

"우리 이번이 같이 여행오는 거 처음이니까, 서로 이런 이야기를 안했어서 그런가 봐. 다음에 올 때는 누구 스타일로 할지 먼저 정하고 하자."

"... 우리 이번 여행이 마지막인거 아냐?"

"응?"

"내가 이번 여행 다녀오고 헤어지자고 했던거 기억 안나?"

"아."

"기억 못하는거야? 아니면 기억 안나는 척 하는 거야?"

"선희야, 정말 미안한데 여행 마치고 헤어질 때 헤어지더라도 지금 이런 이야기 안하면 안될까?"

"왜?"

"나 금방 너한테 이렇게 말하려고 그랬어. 나 지금 되게 좋다고, 너랑 오랜만에 평범한 이야기, 편한 이야기, 누구나 하는 이야기 하는 거 같아 좋다고."

"..."

"너도 이제 회사 그만 둘거고 어쨌든 여행 왔는데, 좋은 추억 많이 만들고 싶어, 나는."

"그래. 무슨 말인지 알겠어. 내가 괜히 다시 이야기 꺼냈네."

"아냐아냐. 솔직히 난 네가 이번 여행 다녀와서 헤어지자고 할 때, 진심이 아니라고 생각했어. 사람이 힘들면 모든 게 다 부정적이 되거든. 그래서 헤어진다는 생각도 그런 맥락이 아닐까 했어."

"난 진심이었어. 상황이 나아져도, 너랑은 헤어지고 싶어."

"... 그래. 알겠어. 이제 이 이야기는 그만하자."

"그래.. 아까 어디라 그랬지? 월정사?"

"응. 월정사. ... 근데 우리 그냥 좀 쉴까? 목욕탕 가서 있다가 나와서 저녁 해 먹자. 그럼 다시 씻을 필요도 없고."

"... 그래? 그래, 그럼."

12.

콘도에 딸린 목욕탕이라 그래서 크게 기대 안했
는데, 생각보다 좋네. 예전에 한 번 친구들이랑 갔던
호텔에 딸린 목욕탕 같아. 머리도 복잡한데 뜨끈한
물에 들어가서 좀 쉬어야겠다. 근데 아까부터 내 기
분이 왜 이렇게 착잡한거지? 내가 헤어지자고 그랬
잖아. 이번 여행이 마지막이라고 한 것도 나잖아. 근
데 왜 지금 내 기분이 이상한거지? 아까 태근이가 한
말이 맞는건가? 상황이 나빴으니까 모든 것이 나빠
보인다는 말. 아냐. 내가 헤어지자고 한 이유는 상황
탓이 아니었어. 솔직히 말할 수는 없었지만, 난 거의
언제나 불편했어. 만날 때마다 느껴지는 불편함을
참을 수 없었어. 그게 어떤 불편함인지는 나도 정확
히는 모르겠지만, 연인을 만날 때 느낄 수 있는 감정
에는 속하지 않는 것이 확실한 감정. 지배당하고 있
달까, 가르침을 받고 있달까 하는 느낌. 아, 모르겠
다. 일단 탕에나 들어가자.

목욕탕 오랜만이긴 하네. 내가 서울에 와서 목욕
탕을 간 적이 있었던가. 우리집 주변에 목욕탕이 있
긴 했나. 이런 생각을 하는거 보니 목욕탕을 안간 건
확실하군. 금요일 오후인데도 사람이 생각보다 많구
나. 다들 일은 안하는건가. 여기까지 와서 쉴 정도의
여유가 있는 사람들이면 일 걱정은 안해도 되는건

가. 아, 나 또 왜 이런 생각하고 있지? 그냥 좀 편해지고 싶은데, 안되네. 얼른 탕이나 들어가야겠다. 목욕탕이 있다고 미리 말해줬으면, 뭐라도 챙겨왔을텐데 아무것도 안들고 그냥 탕에 들어가려니 그것도 좀 그러네. 오늘 그래도 오랜만에 태근이랑 같이 하룻밤 보내는거라 속옷 예쁜 거 입고 왔는데 별 소용 없게 생겼네. 기껏 평창까지 잘 와서 헤어지자는 이야기 잊은 거 아니냐고 내가 먼저 말해놓고 소용 없다는 생각도 웃긴다. 예전에 사귀기 시작하고, 나 회사일 안바쁠 때는 그래도 같이 밤 자주 보냈었는데. 솔직히 내가 먼저 자자고 한 적도 많았지. 뭐랄까, 정서적 외로움이 있었어. 서울에 혼자 있다고 생각하니까 외롭고, 외로움이 커지니까 누군가 내 곁에서 있으면 좋겠다 싶었지. 그리고 정말 내 옆에 누가 있다보니 만지고 싶고, 안고 싶고, 사랑을 나누고 싶고. 결국은 이런 것도 다 내가 외로워서, 힘들어서 그랬던건가 싶기도 하지만, 하룻밤의 사랑으로 채울 수 있는 외로움이라는게 참 같잖고도 소중했어. 근데 오늘은 외로움보다는 좀 사무치는 느낌이네.

내가 태근이한테 잘못하고 있는건가. 태근이는 변함이 없잖아. 욕심이 없는 사람. 자기가 뭘 원하는지 제대로 알고 있는 듯도 하지만, 다른 사람이 하자고 하면 또 그대로 하는 사람. 예전에 노무사 공부했다가 포기했다는 이야기로, 나랑 다툰 적도 있잖아. 포기하면 편하다고, 노력하지 않으면 편하다고. 태

122

근이는 그렇게 살고 있잖아. 크지 않은 세무사 사무실에서 일하면서도 자기 일은 잘하고, 또 만족하고. 포기해서 편해진건가? 그런 태근이가 보기에 나는 뭔가 욕심내는 사람처럼 보였나? 근데 서울에 살면서 욕심내지 않아도 되는건가? 태근이는 지금 부모님집에서 살면서, 월세도 안내고 생활비도 거의 안들지만, 나는 다르다고. 연희동 원룸에 살면서 월세며, 공과금이며, 생활비를 다 내가 내고 있는데, 이런 상황에서 욕심을 안내면 어떻게 되겠냐고. 근데 욕심을 낸다고 내가 성공할 수는 있긴 한건가. 그냥 태근이한테 이렇게 말하고 싶었던거 아닌가. 나는 너랑 다르다고. 포기하면 편하다고 하는 너의 입장과 포기하고 싶어도 포기할 수 없는 나는 다르다고. 다 포기하고 고향에 내려간다는 건 내가 무언가를 이루었기 때문이 아니라 실패의 표식이라고. 왜 다른 사람인데, 나한테 계속 너의 위치에서 세상을 보기를 원하냐고. 나, 이 말을 꼭 오늘 태근이한테 해야겠어.

우린 달라.

13.

리셉션에서 다시 만난 선희와 태근은, 여느 연인처럼 손을 잡고 예약한 방으로 향했다. 선희의 화장은 이미 말끔히 지워져 있었지만 태근은 오히려 선희의 화장기 없는 그 얼굴이 좋았다. 목욕 직후 잔

123

뜩 오른 체온 탓에 둘 모두 발그레해진 얼굴로 숙소를 향하는 모습을 다른 사람들이 보았다면, 신혼여행이라도 온 신혼부부로 착각할 수도 있을 듯 했다. 하지만 둘은 손은 잡고 있었지만, 한 마디의 말도 없이 숙소로 향했다.

도착해서 열쇠를 받고 짐을 올려놓으며 한 번 방에 들렀었기에 다시 온 방이 이제는 익숙한 느낌이었다. 큰 거실 하나에 방 하나, 그리고 거실과 주방의 경계를 나누려는 듯 불투명한 유리의 벽이 거실과 주방 사이에 짧게 있었고, 그 앞으로 나무 식탁 하나와 식탁과 세트인 듯 보이는 나무 의자 4개가 식탁에 고이 붙어 있었다. 화장실에는 욕조가 없었다. 간단한 샤워는 가능했고, 샤워를 할 수 있는 공간과 변기는 아주 좁은 공간을 두고 붙어 있었다. 결코 좋다고는 할 수 없는 시설이었지만, 하루의 밤을 보내기에는 충분히 넓고 아늑했다. 방에 둔 가방을 보러 간 선희를 두고, 태근은 거실에서 에어컨을 켰다. 늦은 여름이었어서 많이 덥지는 않았지만, 목욕을 했기에 덥기도 했고, 창문을 열자니 이곳이 산 속에 있는 콘도라 벌레가 들어올지도 몰랐기 때문이다.

저녁은 조용했다. 태근의 기분이 좋지 않은 듯 보였다. 선희가 무슨 말을 해도, 태근의 반응은 미지근한 물 같았고, 태근의 대답은 찬물 같았다. 선희는 몇 번 태근의 마음을 풀기 위해 노력했지만, 어느 순간 포기했다. 그 순간이란 태근이 선희의 눈을 보고 있지 않다는 것을 안 순간이었다.

"어디 봐?"

"응?"

"나 지금 이야기 하고 있는데, 어디 보고 있냐구."

"아, 그냥."

"사람이 이야기를 하면 쳐다 봐야 되는거 아냐?"

"아, 그렇지."

"그렇게 말하면서도 나 지금 안보고 있잖아."

"아, 왜 그래. 듣고 있어. 대답 다 하고 있잖아."

"아까는 나랑 여행 와서 좋다며? 오랜만에 편하게 이야기해서 좋다며? 근데 지금 뭐하는거야?"

"아, 왜 또 그래? 우리 싸우러 여기 왔어?"

"지금도 나 안보고 있잖아. 싸우든 안싸우든 사람이 말을 하면 좀 봐."

"아. 듣고 있다고! 왜 그래, 진짜!"

"지금 화낸거야?"

"화 낸 거 아냐. 그냥."

"갑자기 왜 이러는건데? 내가 이번 여행이 마지막이라고 해서 그런거야? 이제 우리 다시 서울 가면 서로 관계 없는 사람 될거니까 이러는거냐고?"

"네가 바라는게 그거 아냐?"

"내가 바란 거 맞지. 맞는데, 그래도 내일까지는 좀 평범하게 보내면 안돼? 나 회사 때문에 힘들었던 거 너도 알잖아."

"진짜 너 이기적이다. 여행을 가자고 한 것도, 여행까지만 가고 헤어지자고 한 것도 다 넌데, 넌 지금 여기까지 와서 나한테 너 기분 맞추라고 하고 있어."

"알겠으니까. 사람 보면서 이야기 해."

"듣고 있다고. 나 지금 듣고 있다고."

"그래, 듣고만 있어. 그럼. 나 너랑 왜 헤어지고 싶은지 말 안하려고 그랬는데, 꼭 이야기 해야겠어."

"그래. 뭐, 어차피 하지 말라고 해도 할 거 알고 있으니까 해."

"뭐?"

"그냥, 말 해. 이야기 할 거였잖아. 어차피. 나 네가 이번 여행 마지막이라고 한 뒤에 그때는 제대로 묻지도 못했었는데, 계속 궁금했어. 도대체 왜 나랑 헤어지려는건데? 그 이유라도 알자. 왜, 왜, 왜 헤어지려는거야?"

"넌 마치 나를 어린이 보듯이 봐. 아니면 네가 선생님으로 근무하고 있는 학교의 학생처럼 보거나."

"그게 무슨 말이야?"

"넌 나를 동등한 인격으로 취급하지 않잖아. 뭔가 항상 가르치려고 하고, 위로하려고 하고, 지시하려고 하고."

"내가? 내가 그랬다고? 내가 언제?"

"내가 언제 어디서 그랬는거까지 이야기 해야 돼?"

"내가 언제 그랬다고? 난 너 걱정되서 이야기하

는 거였지, 한 번도 너를 어린아이나 학생처럼 대한 적 없어."

"아냐, 넌 그런 적 없었다고 말할지 모르겠지만, 나는 그렇게 느꼈어. 지난 번에 포기하라는 말도 마찬가지였고."

"포기하면 편하다는 말? 그게 왜? 그 말이 뭐가 어때서? 나 봐. 나 노무사 포기하니까 편해졌어. 그리고 포기하라는 말, 내가 한 말도 아냐. 다들 그렇게 이야기하고 있잖아. 포기하면 편하다고, 자기 자신이 제일 중요하다고. 그걸 내가 말했다고, 나보고 지금 문제라는거야?"

"그건 남자친구가 여자친구한테 할 말이 아니었어. 모르는 사람이 나한테 해줬으면 그냥 듣고 흘렸을건데 넌 내 남자친구잖아. 다른 이야기를 했었어야지."

"무슨 이야기? 내가 무슨 이야기를 했어야 해? 힘들지? 고생이지? 뭐 이런 이야기?"

"내가 무슨 이야기를 듣고 싶었다는 건 아냐. 그냥, 아. 이 사람은 내 편이구나. 나를 좋아하고 사랑해주는 사람이구나, 하는 감정을 느끼고 싶었던 거 뿐이야.'"

"나 그러지 않았어? 나 그렇지 않았냐고?"

"아니. 넌 나를 가르치려고만 했어. 그리고 안그래도 이야기 나온 김에 이 말도 꼭 해야겠다."

"... 뭐?"

127

"난 너랑 달라. 우리는 다르다고."

"갑자기 그게 무슨 소리야?"

"서울에서 부모님 집에서 살면서 지내는 너랑 나는 다르다고. 내가 느끼는 서울의 무게는, 너보다 무거워. 무겁고 버겁고 두렵고 그래. 근데 넌 그렇지 않잖아. 왜 우린 다른데, 너는 왜 네 위치에서 매번 나를 보니?"

"내가 내 위치에서 너를 본다고? 내가 너 지방에서 왔다고 무시한 적 있어? 내가? 나 그런 적 없어. 지금 너 말하는 거 피해의식이야. 피해의식. 무슨 말인지 알아? 사람들 되게 피해의식이라고 그러면 막 부정적으로만 생각하는데, 너 지금 나한테 하는 말 그거 자체가 피해의식이야. 내가 서울에서 태어나고 싶어서 태어난 것도 아니고, 부모님 집에서 독립하고 싶은지 그런 건 묻지도 않아놓고, 서울에서, 부모님 집에서 사니까 편하게만 보이나 봐. 아냐, 정말 미안한데, 아냐. 네가 어떻게 생각할지 모르겠는데, 나는 포기한 사람이야. 내가 바라는 건 아무것도 일어나지 않는 인생. 크게 좋은 일도, 크게 나쁜 일도 없는, 그냥 평범한 인생을 바라고 있어. 그게 내가 내 삶을 포기한 대가라고 생각해. 정말, 선희야 근데, 우린 달라. 확실히 달라. 난 삶을 포기했어. 넌 포기하지 않았고. 의지를 버린 인간이, 삶을 포기한 인간이 느끼는 행복 중에 하나가 너였는데, 넌 지금 나한테 그런 내 인생을 부럽게만 봤어. 그거, 너, 피

128

해의식이야."

"나는 포기 안할거야. 선택에 실패했을지는 몰라도 포기는 안해."

"선희야, 우리끼리 있는데, 굳이 그렇게 선택에 실패했다느니 이런 말 안써도 돼. 넌 욕심이 많은거야. 욕심은 많은데 실력이 안되고, 실력은 안되는데 지금처럼 회사에서 하는 일이 많아지면 그건 또 버겁고. 난 그렇게 생각해. 욕심을 버리든, 실력을 쌓든 둘 중 하나만 했으면 좋겠어. 물론 맞아, 너 말. 지금 회사, 쓰레기 같은 회사지. 내가 왜 모르겠어. 너희 회사에서 퇴사하는 사람들 나올 때마다 우리 사무실에서는 내기 같은 걸 했어. 다음에는 언제 퇴사자가 나오나, 이런 내기. 하도 퇴사자가 많이 나오니까. 우리가 너희 회사만 관리하는 거 아닌데 너희 회사 같이 퇴사자가 수두룩한 회사는 없어. 그러니까 선희야, 나 지금 너희 회사 안좋은 회사인거 아는데, 그게 네가 선택에 실패했던, 포기를 하기 싫던 그건 잘 모르겠는데, 너도 문제가 없는 건 아냐. 아, 나 말 너무 많이 했네."

"다시 말해 봐."

"뭘? 나 말 너무 많이 했다고?"

"아니.. 그거 말고.. "

"뭐 말하는거야? 그냥 말해, 짜증나게 하지 말고."

"내가 욕심은 많은데, 실력이 없다고?"

"아, 그 말? 응. 그 말. 맞잖아. 욕심은 많아. 좋은 욕심인지 나쁜 욕심인지는 모르겠지만, 여튼. 근데 실력은 없어. 너 지금 회사 다닌 지 좀 되지 않았어? 근데 거기서 네가 지금 정확히 너만 할 수 있는 업무가 뭐야?"

"…"

"퇴사하는 사람 많아져서 지금 여러 가지 일 하는 거 알고 있는데, 그래도 네가 제일 잘하고, 너만 할 수 있는 게 있을거 아냐?"

"나.. 글 써."

"글? 아, 그 립서비스 문구? 그게 글이 맞긴 한 거야?"

"뭐라고?"

"글이라기 보다 감동적인 문구 아니면 오글거리는 뭐 그런 느낌이던데, 아냐? 그리고 사람들이 그거 많이 읽어? 그냥 다들 넘기는 거 아냐?"

"야, 너 지금 헤어지는 마당이라고 너무 말 심하게 하는 거 아냐?"

"지금 여기서 화내는 거야? 그 글이 너한테 무슨 큰 의미가 있다고 이러는거야? 뭐, 너 설마 작가 지망생이고 그런 건 아니지?"

"… 그만하자. 그만해."

"뭘 그만해? 네가 시작했어, 지금 이 대화. 그냥 조용히 밥 먹고 자고 일어나서 헤어졌으면, 좋은 추억이라도 쌓았을 걸."

"내가 시작했다고? 근데 너 그거 알아? 너 지금 이야기하면서 아직까지도 나 한 번도 안봤어. 그렇게 이야기를 많이 하는 중에도 나 한 번도 안쳐다 봤다고. 내가 우는지 웃는지 무표정인지 아닌지 신경도 안쓰고 있었다고."

"그래, 그래. 이제 볼게. 자, 지금 나 너 보고 있다."

"... 갈게."

"어딜 간다는거야? 이 시간에? 여기 평창이야!"

"... 신경 꺼. 그리고 연락하지 마."

14.

선희는 자신의 캐리어를 끌고 걷고 또 걸었다. 어디를 향하는지도 모른 채 계속 걸었다. 한 순간도 태근과 같이 있기 싫었다. 선희가 방을 도망가듯 나오는 것을 태근은 보았지만, 잡지 않았다. 잡을 생각도 없었는지도 몰랐다. 아니면 다시 돌아올 것이라 생각했는지도 모를 일이었지만 선희는 다시 돌아가지 않았다. 선희가 숙소에서 나오고 난 뒤 30분이 지날 무렵, 태근으로부터 전화가 오기 시작했다. 선희는 받지 않았다. 통화를 종료시키는 붉은 동그라미를 누르지도 않고, 그저 계속 스마트폰이 울리도록 두었다. 의도적인 완전한 무시, 이것이 선희가 하고 싶었던 것이었다. 번호를 차단할까 싶기도 했지만, 차단된 걸 태근이 알게 되면 태근이 포기하고 편

하게 잠을 청하게 될까봐, 그 꼴은 보기 싫어서 차단
도 하지 않고 계속 자신을 신경쓰며 밤을 새도록 만
들고 싶었다.

걷기 시작한 지 1시간이 지난 뒤부터는 전화도
오지 않았다. 대신 한 통의 메시지가 왔을 뿐이었다.

'어디야?'

걱정인지 비난인지 모를 한 문장. 선희는 전화는
차단하지 않고, 메신저는 차단했다. 매일 다른 사람
들의 메신저 프로필을 보는 태근은, 선희의 메신저
의 프로필 사진이 아무런 사진도 없는 푸른 배경이
된 것을 알아차릴 것이고 자신이 차단당한 것을 알
게 될 것이었다. 메신저를 차단했음에도, 다시 전화
는 오지 않았다.

선희는 걷고 또 걸었다. 얼마나 걸었는지 모를 만
큼 걷고 난 뒤에서야, 다소 진정되는 걸 느낀 선희는
차가 한 대도 다니지 않는 국도변에 서서 지도 어플
리케이션을 켜 자신의 현재 위치를 파악했다. 자신
의 위치와 가장 가까운 위치에 있는, 안전한 곳을 찾
고 싶었다. 이대로 밤새 걸을 수도 없는 노릇이었고,
가능하면 빨리 서울로 돌아가고 싶었다. 지도 어플
리케이션의 축척을 축소시키자 작은 건물 하나가 보
였다. 역이었다. 지도 상으로도 철로가 보였고, 지금
부터 걸어가면 한 시간 정도 뒤에는 도착할 수 있을

것 같았다. 선희는 다시 걸었다.

　작은 역이었다. 이런 역을 간이역이라고 부르겠지, 선희는 더 이상 걸을 힘이 없었다. 작은 역, 간이역, 어디론가 향할 수 있는 역. 선희는 역의 문 앞으로 다가갔다. 바람이 살짝 불어 선희가 흘린 땀을 훔쳐주었다. 강원도는 늦여름이라도 밤이 되면 쌀쌀해지는데, 선희는 계속 걷느라 땀을 흘린 상태였다. 차가운 바람을 느낀 탓에 선희는 살짝 몸을 떨었다. 이제 여기서 서울로 돌아가면 되는건가. 서울로 돌아가면, 되는건가.. 선희는 서울이라는 공간이, 서울이라는 이름이 어색하게 다가왔다. 자신이 속해 있는 거지 같은 회사가 있는 서울, 태근과 만나고 사랑을 나누고 서로를 보살폈던 서울. 고향을 떠나 꿈을 이루겠다고 생각한 서울. 하지만 지금 선희에게 있어 서울은 그저, 괴롭고도 외롭고, 고달프고 서러운 곳이 되어 버렸다.

　유리문 가까이 다가갔다. 새벽을 향해 달려가는 시간이었으니 유리문은 굳게 닫혀 있었다. 역 안에는 아무도 없었고, 비상구 사인만 푸르게 역 안을 비치고 있었다.

　선희는 생각했다. 첫 차를 타고 서울로 돌아가야지. 아니, 어디론가 떠나야지. 당장은 주말이니 고향을 가도 좋고, 고향이 아니라도 어딘가 다른 곳으로 가야지. 이틀이라는 시간 동안 자신만의 시간을 갖고 싶다고 생각했다. 역 앞에 있는 벤치에 앉아 새벽을 기다리는 동안, 선희는 자신이 태근에게 했던 말을 다시 생각했다. 너는 나를 가르치려 든다. 너는 나와 다르다. 태근에게 하고 싶었던 말을 쏟아내었다고 생각했지만, 왜 자신이 지금 여기에 있는지, 태근이 아닌 자신이 왜 숙소에서 뛰쳐나와야 했는지는 스스로도 납득하기 어려웠다.

선희는 벤치에 앉아서, 늦여름 밤의 강원도의 차가운 바람을 맞으며 생각했다.

'나는 잘못되지 않았어. 나는 끝까지 포기하지 않을거야. 나는 피해의식 같은 건 없어.'

선희는 다시 자신에게 좋은 기회가 온다면, 그때에는 꼭 그 기회를 놓치지 않으리라 다짐하며, 아침을 기다렸다. 땀이 식어 급격히 체온이 떨어져 추위에 떨었지만, 선희는 그 떨림이 새로운 시작을 앞둔 설렘의 징조라고 생각했다.

선희는 기다렸다. 간이역이 다시 열리기를.

하지만 그 역은 폐역, 즉 다시 운행되지 않는 역이었다.

세상에, 배신

상상하지 못한 배신을 해보기로 했어.

-

두 친구가 있었다. 태현과 진우. 이 둘은 대학교 오리엔테이션에서 같은 조로 만났다. 둘 모두 지방 출신에 대학 주변에서 자취를 한다는 공통점으로, 서늘한 서울에서 서로에게 의지했고 어느새 마치 어릴 적부터 알던 친구 같은 사이가 되었다. 비슷한 시기에 군대를 제대하고 취업을 준비했다. 같은 경영학을 공부한다 하더라도 태현은 마케팅에 관심이 많았고 진우는 주식에 열정을 있었기에, 서로에게 취업과 관련된 도움을 줄 순 없었지만 오히려 객관적으로 조언을 해줄 수 있었다.

졸업 직후 태현은 대기업의 마케팅팀에 입사했고, 진우는 같은 대기업 계열의 증권사에 입사할 수 있었다. 입사 후 몇 해가 지나지 않아 둘 모두 마음에 맞는 사람과 몇 개월의 차이를 두고 결혼을 하게 된 것 역시 축복과 같은 순간들이었다. 태현과 진우는 서로의 결혼식 사회를 보았다. 신부의 자리를 다른 사람이 대체할 수는 있어도 사회자의 자리는 서로의 자리라 확신했다. 졸업, 취업 그리고 결혼. 숨 바쁘게 지나던 시간들이 흐르고 둘은 잠시 각자의 자리에 안착했다.

계속 연락을 하고 지내긴 했지만 대학 때처럼 자

주 만나지는 못하고 있을 시기, 태현은 진우의 소식
을 또 다른 대학 동기인 상훈으로부터 들을 수 있
었다.

"요즘 진우랑 연락 돼? 걔 요즘 회사에서 문제 생
겨서 회사도 못나오고, 집에만 있다던데. 너 예전부
터 친했으니까 한 번 연락해봐.'

"어제도 연락했는데? 이상한 느낌 없었는데? 한
달 전쯤인가 통화도 했어. 돈이 좀 급하게 필요하다
길래 5백만원 정도 빌려줬어. 그래도 어쨌든 알겠어.
한 번 연락해볼게."

상훈과의 통화를 마치고 태현은 잠시 진우의 모
습을 떠올렸다. 훤칠하진 않지만 얼굴과 몸 모두 균
형이 잘 잡혀 있어 어떤 옷을 입어도 잘 어울렸고 환
하게 웃을 때는 눈을 거의 감다 시피 해서, 웃는건
지 우는건지 모르겠는 얼굴. 힘든 일이 있어도 내
색하지도 않고, 친구지만 맏형 같은 느낌의 진우였
다. 반면 태현은 스스로 생각해도 다소 어눌하면서
도 서글서글한 느낌이 있었다. 키는 진우보다 10센
티미터는 컸지만 둘이 같이 다니면 당당한 모습의
진우 옆에 마치 호위무사 같은 느낌으로 태현은 뒤
를 따르는 느낌이었다. 편하면서도 관심 혹은 동정
을 느끼게 만드는 얼굴의 태현이, 깔끔하고 당당한
진우와 함께 걸을 때 사람들은 썩 다르지만 꽤 어울
린다 생각했다.

태현은 진우에게 전화를 걸기 전 상훈이 통화를

마치기 전 자신에게 했던 이야기를 다시 한 번 정리했다. 진우가 증권회사 내부규정을 어기고 자기돈을 마치 고객의 돈인 것처럼 투자를 했고, 투자는 성공적이었지만 내부 감찰과정에서 발각이 되었다고 했다. 그리고 책임을 지기 위해 투자로 번 돈은 물론이고 자신의 돈도 모두 잃게 되었다는 것이었다. 그리고 당장 생활비가 없어진 탓에 상훈을 포함한 주변 지인들에게 가족의 생계를 위한 생활비를 꾸기 위해 전화를 걸었다고 했다. 태현에게 빌린 돈 500만원도 아마도 생활비를 위한 돈이었으리라 생각했다. 갑자기 돈이 필요하다는 연락을 한 진우에게 돈이 왜 필요한지 태현은 묻지 않았다. 태현은 진우에게 전화를 걸었다.

"갑자기 웬 전화?"

"어디야?"

"나 회사지."

"너 진짜 회사야?"

"아.. 너도 들었나 보구나. 야, 별거 아냐."

"별거 아니긴 뭐가 아냐? 너 지금 회사도 못나간다며?"

"야, 새끼들. 입들은 또 졸라 싸. 회사 못나가는 건 맞는데, 조만간 다시 나갈거야."

"조만간? 정확히 언젠데?"

"나 아직 안죽었어. 걱정하지마. 다른 사람들이 다 걱정해도 넌 나 걱정 안해도 돼. 회사는 아마 다

다음주 정도에 나갈거야. 징계위원회가 아직 안열려서, 그거 열리고 결론 나면 그때는 회사 다시 갈 수 있어. 자세한 내용은 설명 안해도 되지?"

".. 그래. 뭐 대충 들었어. 근데 진짜 괜찮은거야?"

"야, 우리 쪽에서는 이런 일 많아. 내가 하고 싶어서 한 것도 아니고, VIP 고객이 당장 투자할 돈이 부족하다는데, 그거 조금 내가 내 돈으로 메운 걸 가지고 무슨 규정 위반이니 뭐니. 오히려 이건 자기희생적인 고객관리라고 해야 하는거 아냐? 참내."

"난 니 걱정 별로 안하는데, 그래도 이제 우리 가정도 있는 몸이니까 조심하는게 좋을 거 같다."

"이야. 태현이 이제 어른이네, 어른. 걱정하지마. 아, 그리고 나 복직하면 바로 나한테 빌려준 돈 갚을게. 걱정마."

"이 새끼가.. 내가 지금 그것 때문에 전화한 줄 아는거야?"

"엉? 야. 참내. 야, 안되겠다. 그냥 먹고 튀어야겠다."'

"지랄."

진우는 이어 자기는 가족에게 부끄러운 짓은 안한다는 단호한 대답을 했다. 그리고 그 가족에는 태현이 너도 포함되어 있다는 말로 태현을 안심시켰다. 좋지 않은 이야기로 연락한 자기가 오히려 부끄러워졌다. 안그래도 힘들텐데 그냥 기다리고 있을 걸 싶은 생각도 들었다.

진우와 통화를 하러 회사 복도에 잠시 나와 있었던 태현은, 통화를 마치고 들어가려는데 공지 게시판에 붙은 한 장의 종이가 눈에 들어왔다.

　　"복지몰 양평 용문산 야영장&글램핑장 오픈. 사전 예약 시 숯불 무료. 문의 : 인사팀 02-2123-9834"

　　태현은 진우가 회사에 복귀하려면 시간도 남았고, 가족 모두 다같이 오랜만에 교외에 나가 그동안 못다한 이야기라도 나누면 좋겠다 싶은 생각이 들었다. 결혼 전에는 지금의 부인이 된 사람들과 함께 더블 데이트도 하고 그랬었는데, 결혼하고 아기를 낳고 기르느라 자주 보지 못했다는 아쉬움도 함께 들었다. 태현은 다시 진우에게 전화를 걸었다.

　　"이번주나 다음주 주말에 양평에 글램핑 하러 가자."

　　-

　　용문산 야영장은 캠핑 사이트와 글램핑 텐트도 함께 있는 곳으로 서울 근교인 양평에 있는 꽤 유명한 야영장이었다. 산세가 좋은 용문산 자락에 있으면서도 주변 시설도 나쁘지 않아 가족 단위 야영 손님들이 많이 찾는 곳이었다. 태현은 아직 아이들이 어리니 캠핑보다는 글램핑이 나을 것이라 생각했고, 진우의 생각도 일치했다. 결혼 이후 제대로 걷지도 못했던 때 둘은 자기들을 쏙 빼닮은 두 아이를 부인들과 함께 만났고, 이후 종종 또 다른 친구들의 결혼식에서 얼굴을 보기는 했지만 어느새 5살이 된 아이들의 모습은 쉽게 상상이 되지 않았다. 진우와 통화를 하고 난 이후 태현은 다음주 토요일과 일요일 일정으로 글램핑장을 예약했다. 회사 차원에서 미리 비워둔 글램핑장이 있었기에 시기적으로 촉박했음에도 빌릴 수 있었다.

토요일 오후 2시까지 각자의 차를 타고 글램핑장에 도착하기로 이야기를 마쳤고, 각자 필요한 고기와 음식, 술 등을 적절히 배분했다. 태현은 혹시 진우가 지금 상황이 조금 힘들어서 소고기와 같은 비싼 식자재를 사는게 부담이 될 듯 하여 고기는 자기가 사겠다 주장했으나, 진우는 '너는 돼지고기, 소고기도 구분 못하면서 무슨 고기를 사겠다는 거냐'는 핀잔을 듣고는 진우에게 고기를 맡기기로 하였다.

태현에겐 하빈이라는 아들이, 진우에겐 원영이라는 딸이 있었다. 둘 다 다섯 살이다. 결혼을 먼저한 쪽은 진우였지만, 아이는 진우가 태현보다 조금 늦게 가져 하빈과 원영은 같은 5살이지만 하빈이가 3개월 정도 개월수로는 늦었다. 태현은 오랜만에 진우의 가족 전부를 본다는 사실과 함께 다같이 이렇게 가족끼리 캠핑을 가는 날도 있구나, 하는 감회에 젖었다.

진우는 용문산 캠핑장에 와 본 적이 있다고 했다. 회사 동료와 작년 여름에서 가을로 넘어갈 때 한 번 글램핑이 아닌 캠핑을 온 적이 있었고 그때 글램핑장이 있다는 것도 알고 있었다고 했다. 언제 한 번 글램핑을 와야지, 생각은 하고 있었는데 그게 태현과 오게 되리라는 것은 생각지도 못했다고 전했다.

예정대로라면 토요일 당일 오후 2시에는 같이 야영장 주차장에서 만났어야 했다. 하지만 예정은 예정일 뿐이었다.

갑작스레 전화가 걸려온 건 1시 30분이었고, 전화를 건 사람은 진우였다. 원영이 갑자기 열이 심하게 나고 구토를 하는 증상을 보인 것이었다. 캠핑장으로 향하고 있는 중이었고, 진우의 집이 하남 신도시였기에 가는 도중 바로 태현에게 전화를 건 것이었다.

"야, 나 잠시 병원 좀 갔다 갈게. 애가 아파."

"괜찮아? 우리 걱정하지 말고, 빨리 병원 가. 캠핑이야 다음에 가면 되니까, 걱정하지 마."

"많이 아픈 거 같진 않으니까 일단 응급실 갈건데, 상황 보고 연락할게. 근데 상황 좋아지면 캠핑 다시 갈 수도 있으니까 일단 너희는 먼저 가 있어.

애들 열 가끔씩 나고 그러잖냐. 우리 진짜 오랜만에 같이 여행가는 느낌인데, 안가면 내가 더 싫을 거 같아. 그러니까 일단 너희 먼저 가서 자리 잡고 있어. 알겠지?"

"알겠으니까 일단 병원 빨리 가."

태현은 전화를 끊으며, 글램핑장 입구를 올려다 보았다. 이미 자신은 부인과 하빈이와 함께 용문산 야영장에 도착해 있었다. 이른 가을, 시원한 바람이 주차장에도 불었고 하빈은 태현의 손을 잡은 채로 웃으며 말했다.

"아빠, 여기 짱 좋아."

5살이 말할 수 있는 최고의 표현이었다.

-

진우의 연락이 늦어지고 있었다. 배정받은 글램 핑장으로 자신이 가져온 짐을 다 옮기고, 춥진 않았지만 진우가 오기 전에 불을 피우는 연습을 하면 좋을 것 같아 장작 몇 개로 불도 피워놓았다. 태현은 하빈과 부인인 현희와 함께 야영장 주변에 조성되어 있는 관광단지와 농업박물관, 산책로 등도 걸으며 서서히 변하는 나무잎의 색깔들을 관찰하기도 했다. 하빈이가 지칠 무렵, 다시 글램핑 텐트로 돌아오니 시간이 벌써 6시가 되어 있었다. 하빈이가 칭얼거렸다.

"아빠, 나 배고파."

태현은 하빈이에게 '잠시만, 삼촌한테 전화 한 번 해볼게. 알겠지?'라고 전하며 진우에게 전화를 걸었다. 어떻게 되었냐며, 왜 연락이 없냐며 전화를 하고 싶은 마음이 컸지만 아이가 아프면 부모 마음이 가뭄이 든 논처럼 바싹바싹 마른다는 걸 알기에 태현은 참았다. 그래도 6시면 많이 기다린 것이었다.

진우의 전화 받는 목소리에 활기가 있었다. 다행히 아무 일도 아니라고. 어제 잠시 환기를 시킨다고 창문을 열어놓고 있었는데, 아이가 그 바람에 차가운 바람을 쐰 것 같다고, 아무일 없다고 다행이라 말했다. 이제 진우도 거의 다 도착했다는 말에 태현은 안심했다. 아이는 괜찮은데 왜 늦었냐고, 핀잔을 섞어 물었다. 진우는 대답했다. 글램핑장에서 가장 가까운 병원 응급실에 왔었는데 주변에서 큰 교통사고가 나서 응급실 전체가 거의 마비가 된 듯 했고, 거기 있다가는 오히려 더 위험할 것 같아 동네에 다시 돌아와 아기가 가던 소아과에 갔다고 했다. 하지만 거기서도 주변에 주말 진료를 하는 소아과가 많이 없다보니 늦었다고 했다. 이제 거의 다 와간다고, 늦어도 20분 안으로는 도착하니 불을 좀 먼저 피워놓으라고 진우는 전했다. '아주아주 맛있는, 둘이 먹다가 둘 다 죽어도 눈도 깜짝 안할만큼 맛있는 고기'를 신선하게 배송중이라고 했다. 태현은 농담 하지 말고, 운전 조심해서 어두워지기 전에 도착이 나 하라 했다.

30분 정도가 지나서 진우가 도착했다. 제수 씨 미안해요, 말하는 얼굴에는 진심으로 미안한 기색이 들어 있었다. 태현은 진우의 얼굴을 조심히 살폈다. 상훈의 이야기를 들은 이후, 전화 통화는 다시 자주 하긴 했지만 얼굴을 보는 것은 꽤 오랜만이었다. 뭘 했는지도 모르게 시간은 짧은 가을처럼 빠르게 흘러 갔다. 다행히 진우의 얼굴은 나쁘지 않았다. 태현은 진우 말이 틀리지 않았구나, 회사에서 문제가 있는 사람이 가질 수 있는 얼굴과 미소가 아니다, 생각했 다. 그건 진우 뿐만이 아니라 진우의 부인은 미정의 얼굴을 봐도 그랬다. 애초에 회사에 문제가 있었으 면, 아무리 친한 친구가 가자고 하더라도 캠핑을 오 진 못했겠지, 하는 생각도 들었다.

무엇보다 원영의 얼굴이 좋았다. 자기 아버지를 닮은 듯 하면서도 여자 아이 특유의 애교와 붙임성 을 갖고 있었다. 이목구비는 전체적으로 진우를 닮 아 시원시원했고, 피부는 엄마인 미정을 닮아 뽀얀 정도를 넘어 투명한 듯 보였다. 태현은 셋의 모습을 뚫어져라 보며, 안심했다. 진우가 태현에게 말했다.

"어허, 어디서 우리 예쁜 딸의 얼굴을 뚫어지게

보느냐. 썩 저리 꺼지지 못할까."

히힛, 하는 귀여운 웃음소리가 들렸다. 이어,
"땀촌, 안녕하떼요."
원영이 태현을 보고 인사했다. 태현의 뒤에는 하
빈이 태현의 바지를 잡고 서 있었다.

-

태현이 미리 준비한 숯불에 고기를 굽고, 어른들
은 미리 냉장고에 넣어둔 술도 한 잔씩 하며 오랜만
의 만남이 주는 반가움과 어둑해지는 숲이 주는 청량
함에 빠져들었다. 남자들이 고기 굽기와 요리를 맡
았고, 두 부인은 아이들의 입에 잘 익은 고기를 넣어
주며 불 가까이에 오지 않게 했다. 각자의 배고픔은
충분히 메울 수 있는 고기와 여유와 행복이 있었다.
　모두 어느 정도 배가 부르고, 어른들은 술에 취하
자 기분이 좋아졌다. 숯불을 중심으로 캠핑 의자에
앉아 소리 없이 타오르는 불빛을 보며 두런두런 이
야기를 나눴다. 글램핑장 옆으로 흐르는 실개천에는
금요일에 내린 비 탓에 불어난 물이, 크지 않지만 확
실한 존재감을 뽐내며 흐르고 있었다. 눈을 감고 있
으면 정말 자연 속에 있는 듯한 느낌마저 들었다. 행
복의 만끽, 그 자체였다.
　그때 아이의 울음 소리가 들렸다. 어른들은 울음

소리가 난 직후 그 울음 소리가 자신들의 아이가 내는 소리인줄 몰랐다. 아이들은 밥을 먹은 뒤 갑자기 졸려 하기에 천막 안에 마련된 침대 위에 재웠다. 그래서 그런지 숲 안쪽에서 들리는 듯한 울음소리가 어디서 들리는 것인지 파악하기에 시간이 걸렸지만, 다시 들어보니 바로 뒤 천막 안에서 나고 있었다. 어른 네 명은 그제야 화들짝 놀라 천막 안으로 뛰어가듯 들어갔다. 손에 들고 있던 맥주잔을 제대로 캠핑용 협탁에 놓을 여유조차 없었기에 맥주잔은 장작 옆에서 쏟아져 뒹굴고 있었다.

원영이 침대 아래로 떨어져 있었다. 그리고 얼굴쪽에서 피가 흐르고 있었다. 자세히 보니 눈에 무언가 찔린 듯 보였다. 진우가 원영을 들어 올렸다. 오른쪽 눈이 포크에 찔려 있었다. 이게 무슨 일이지. 이게 어떻게 가능하지. 한참을 생각하다가, 아까 저녁을 먹고 하빈이 포크를 손에 쥔 채로 잠에 들어 그대로 그냥 재웠던 것이 생각이 났다. 손에서 포크를 빼낼 수도 있었지만, 평소에도 손에 뭘 쥐고 잔다는 태현 부부의 말과 그 나이 또래는 뭐든 자기가 직접 해보고 싶어한다는 것을 알았기에 저녁 먹을 때 쓰도록 포크를 쥐어주었던 것도 동시에 떠올랐다. 그렇게 포크를 손에 쥔 채로 그냥 재웠던 것이다. 손에 포크를 쥐고 잔다고 해서 그것으로 무언가를 찌르리라는 것은 상상의 범위 밖에 있었다.

하빈이는 몸무림을 많이 치는 아이였지만, 진우

부부는 그것이 특별히 여기서 어떤 문제를 일으킬 것이라 생각하지 않았다. 날씨는 좋았고, 고기는 맛있었고 오랜만에 만난 친구 부부와의 대화는 즐거웠다. 평소와 다른 기분이었다. 그리고 평소와 또 다른 것은 하빈이 옆에 원영이 함께 누워 있었다는 우연이 있었다는 것 뿐이었다.

급하게 119를 불렀다. 어른 네 명은 모두 술을 마셔 누구도 운전을 할 수 없었다. 119 접수센터에서는 오후에 발생한 교통사고로 인해 지금 당장 출동할 수 있는 구급차가 없어 최대한 빠르게 출동할 수 있는 구급차를 찾아 보낼 것이고, 구급차를 구한다고 하더라도 그 구급차가 캠핑장 안쪽까지 이동하는 데에는 시간이 꽤 걸릴 것이라 전했다. 원영의 울음소리는 산 전체를 흔들었다. 그도 그럴 것이 포크가 눈에 찔려 있는데 울지 않고 있었다면 그것이 오히려 상황을 더욱 공포스럽게 만들었을지도 몰랐다. 진우 부부는 당황했다. 태현도, 현희도 당황했지만 각자가 느끼는 공포가 달랐다. 진우 부부는, 아기가 만약 잘못되어 시력이라도 잃으면 어떻게 하지 하는 공포에 사로잡혀 있었고, 태현 부부는 지금 이 상황에 대해서 자신들이 어디까지 책임이 어디까지인지, 앞으로 무엇을 할 수 있는지 술에 취한 상태에서도 할 수 있는 최대한의 대안을 생각했다.

20분이 지난 뒤에 구급차가 왔다. 진우 부부는, 일단 그 구급차를 타고 같이 병원으로 가기로 했다.

그 사이 조금 이성을 찾은 후라, 일단 병원을 갈테니 너무 걱정하지 말고, 술을 마셨으니 무리해서 운전을 해 밖으로 나오지 말고 여기서 있으라고, 태현 부부에게 말하며 떠났다.

구급차는 사이렌을 울리며 캠핑장을 벗어났다.

캠핑장에서 사이렌 소리가 멀어지는 것을 태현과 현희 그리고 자다 깬 어른들이 당황하는 모습을 보고 자신도 놀라 울고 있는 하빈이 글램핑 천막 앞에 서서 듣고 있었다.

-

"야, 같이 가!"

여학생이 남학생을 불렀다. 남학생은 애써 여학생의 목소리를 못들은 척 했다. 여학생은 남학생을 다시 불러 봤자 자신을 기다리거나 돌아보지 않을 것을 이미 알고 있는 듯 빠른 걸음으로 남자에게 다가갔다.

하남 신도시가 조성되고 난 뒤 세워진 남녀공학 고등학교 앞의 하굣길이었다. 신도시 조성 초기에는 나무들도 자리를 제대로 잡지 못하고, 누가봐도 막 심은 듯 보였지만 시간이 지나 부목이 오히려 거추장스러워질 정도로 높게 자란 나무들이 신도시 고등학생들 옆으로 줄지어 있었다. 여름에서 가을로 접어

152

드는 계절, 몇몇 여학생들은 벌써 추운지 가디건을 걸치기도 했지만 많은 학생들은 여전히 여름 교복을 입고 있었다. 무리지어 교문을 나서는 학생들 사이에서 또 다시 높은 목소리가 들렸다.

"내가 부르면 도망 가지 말랬지!"

큰 목소리로 남학생을 다그치는 듯한 여학생의 오른쪽 눈은 정면에서 살짝 오른쪽으로 밀려나 있었다. 다시 '야!'라고 소리치는 여학생의 물음에 간신히 남학생은 걸음을 멈추고선 말했다.

"못들었어."

"거짓말 하지마. 김하빈. 내 목소리가 얼마나 큰데. "

남학생의 이름은 김하빈이었다. 여학생의 이름은 최원영. 이 둘은 아버지가 대학 때부터 친구라 어릴 적부터 알고 지냈다. 알고 지냈다고 하기에는 남학생이 어떤 사건을 계기로 여학생을 피했으니 굳이 남학생의 입장에서 따지자면 '알고만' 지내고 싶었는지도 모른다.

하빈은 잠시 멈췄던 걸음을 다시 움직였다.

하빈과 원영. 이 둘은 고등학교 2학년 학생이다. 둘은 친하다고는 할 수 없지만, 같은 학교를 다니고 같은 동네에 살며 다른 고통을 느끼고 있었다. 하빈은 원영이 불편했고, 원영이 하빈을 어떻게 생각하는지는 누구도 알지 못했다.

　원영이 하빈의 오른팔을 잡아 휙 돌렸다. 아버지를 닮아 키가 180센티미터가 이미 넘어버린 하빈이지만, 돌려 세우겠다는 의지를 가진 사람의 힘을 당해낼 재간이 없었다. 큰 키에 아버지를 닮아 어리숙해 보이지만 서글서글한 인상. 앳된 느낌이 나면서도 눈빛에는 깊은 삶의 우울 같은 것이 느껴지는 얼굴이었다. 원영은 달랐다. 하얀 피부, 긴 머리에 살짝 들어간 웨이브, 여학생 치곤 작지 않은 키에 군살 없이 균형 잡힌 몸. 고등학생임에도 사복으로 길거리를 걸으면 자주 번호를 물어오는 남자들을 만나는 원영이었지만, 누군가 번호를 물으면 원영은 말없이 남자들의 눈을 바라보는 것만으로도 남자들은 번호를 받기 위해 꺼냈던 휴대전화를 다시 호주머니에 넣었다. 남자들의 갑작스레 변하는 얼굴들은 웃는 것도 아니고 우는 것도 아닌 이상한 표정이었다. 원영 역시 그랬다. '치, 또야?' 정도의 반응으로 스스로의 감정을 정리하기 까지 수많은 울음이 있었고, 화들짝 놀란 남자들의 반응에 대해 수많은 웃음들이 있었다.

　하빈은 자신을 돌려세운 원영을 보고 싶지 않았다. 하지만 키 차이로 인해 그리고 평소 숙이고 다니는 자세로 인해 눈을 치켜뜬 원영을 볼 수 밖에 없었다. 그래도 가능한 눈은 피했다.

　"너, 계속 그러면 내가 너 안본다고 그랬어? 안

그랬어?"

원영은 당찬다. 원영의 부모는 당찬 성격이 된 원영이 기뻤다. 어릴 적 사고 이후 몇 번의 수술을 해야만 했다. 시력은 결국 돌아오지 못했다. 야영장에서 포크에 눈이 찔린 후 응급실을 찾았지만 마침 사고를 당한 그날 가장 가까운 응급실은 오후에 일어난 교통사고로 인해 응급처치 조차 어려울 정도였다. 더군다나 포크가 안구 뿐만 아니라 안근육에도 손상을 일으켜 오른쪽 눈을 다시 살리기에는 아무리 빠른 처치가 있었다고 할지라도 힘들었다. 시력은 돌아오지 못했지만, 중심에서 벗어난 눈을 조금이라도 가까이 하기 위한 수술도 여러번. 이마저도 성장기가 진행 중인 상태라 어른이 되고 난 뒤, 다시 한 번 수술을 할 수 있게 되기를 바라며 기다릴 수 밖에 없었다.

-

버스를 타기도 애매하고, 걸어가기에는 귀찮은 거리의 아파트 단지까지 둘은 함께 걸었다. 곡선을 모르는 설계자가 만든 듯 상가들은 하나 같이 직각이었다. 직각의 상가에 간판들은 개구리 눈알 같이 툭툭 튀어나와 떨어지면 어쩌나, 하는 불안감을 느끼게도 했지만 한 번도 떨어진 적은 없었다. 다만 불안할 뿐이었다. 상가 1층의 모서리에 여자 사장이 혼자 운영하는 '카페 페세타'를 지나치자 공터가 나왔다. 다시 원영이 하빈에게 말을 걸었다.

"너 나 만나면 불편해? 이제 안불편해 질 때도 되지 않았어?"

하빈은 대답이 없었다.

"나는 너 안 불편해. 너도 나를 안불편해 하면 좋겠어. 우리는 친구잖아."

하빈은 원영의 '친구'라는 말에 살짝 고개를 들었다. 그 약간의 고개듦이 묻고 있는 듯 했다. '우리는 정말 친구일까?'

원영은 마치 그 질문을 들은 듯 다시 물었다.

"너 설마 우리가 친구가 아니라고 생각하고 있는 건 아니지?"

하빈은 다시 고개를 숙였다.

하빈은 평소에 잘 웃고, 잘 욕하고, 잘 먹고, 잘 자는 평범한 남학생이었다. 과거에 어떠한 일이 있었든 청소년다운 미래를 꿈꾸고, 기대하고, 노력하는 일들에 익숙하지 않은 적이 없었다. 하지만 원영의 이름과 유사한 단어를 듣거나 티비에 '장애'를 가진 사람들이 나올 때면 급격하게 표정이 굳어졌다. 뜨거운 물을 영하의 온도에 그대로 뿌리면 눈 같은 가루로 산화되듯이 하빈의 감정은 순간 가루처럼 사라지는 듯 보였다. 몸은 크고 마음도 커갔지만 보이지 않는 어딘가에, 자신이 저질렀지만 결코 용서 받지 못할 듯 보이는 것에 대한 죄책감이 하빈의 마음

에는 남아 있었다. 뽑히지 않을 말뚝이 하빈의 마음
한 가운데 박혀 있었다. 그리고 하빈은 포크를 쓰
지 않았다.

원영은 그 사실을 알고 있었다.

어릴 적 그 사고 이후 두 부부의 관계가 서먹해졌
다. 누구의 잘못인지 아닌지를 명확히 알고 있었다.
누구의 잘못도 아니었다. 우연이 불러낸 결과. 실수
라고도 할 수 없고, 실패라고도 할 수 없지만 피해자
만 남은 상황. 일어날 수 밖에 없었고 이미 일어난 어
떤 것에 시간은, 기름이 떨어진 뒤 버려진 오래된 차
처럼 멈추어 있었다. 태현과 진우는 친구였기에, 더
욱 쉽게 예전처럼 서로를 볼 수 없었다. 애써 외면하
고 다시 만난 적이 사고 이후에도 있긴 있었지만 한
쪽은 미안함을, 또 한쪽은 그 미안함이 없길 바라는
마음을 숨길 수 없었다. 거리가 멀어지면 둘 사이가
완전히 남남이 될까봐 진우가 살고 있던 하남 신도시
의 아파트 단지로 태현이 이사를 왔고 그 덕인지, 탓
인지 모를 상황으로 원영과 하빈도 친구가 되었다.
아버지인 두 친구는 웃음을 잃었고, 딸과 아들은 과
거를 잊은 듯 했다.

-

원영은 가끔 울었다. 자주 울었는지도 모르겠다. 아파서 울었고, 아프지 않아서 울었다. 자신은 세상을 보는데 아무런 불편함이 없었다. 거리감을 제대로 느끼지 못한다고 그랬지만 거리감을 제대로 느꼈던 기억이 뇌에서 사라졌다. 한쪽으로만 세상을 보니 왼쪽 눈이 쉽게 피로해지긴 했어도 아프지 않았다. 하지만 그런 자신을 보는 자신을 부모의 아픈 표정을 보고 아팠고, 처음 만난 친구들의 애매한 표정 속에 아팠다. 무엇보다 자신을 피하는 하빈을 보고 아팠다. 아프지 않았으면, 하는 바람의 방향은 두 갈래의 기도로 나누어졌다. 자신에게 그리고 하빈에게.

-

"너 나 피하지 마."

"내가 언제 너 피했다고."

"오, 어쩐 일로 반응을 다 하시고? 고마운데?"

다시 하빈은 입을 다물었다.

"왜 다시 조용해졌어? 말 좀 해."

"나, 너 피한 적 없어. 우리 계속 같이 있었잖아."

"너 말이 맞아. 우리 계속 같이 있었지. 어릴 때부터 지금까지 계속. 근데 넌 내 눈빛 피하잖아."

"그런 적 없어."

"아니, 너 나 제대로 본 적 없어. 그날 이후로."

"…"

"또 표정 굳는다. 나 너 뭐라고 하는거 아니라니까. 나 좀 봐."

"…"

"야, 10년도 더 지났다. 이제 좀 잊어라. 나는 잘 지내는데, 너 계속 그러니까 내가 더 불편해."

"…"

"야, 듣고 있냐?"

".. 미안해. 매번 말하고 싶었는데, 미안해. 근데.."

"근데?"

"내가 잘못한 건지 나도 잘 모르겠어. 나 사실 그때 기억이 안나. 나 정말 그때 기억이 안나. 나는 그냥 잠에 들었다가 일어났어. 그것 뿐인데, 그날 이후로 우리 엄마아빠는 내가 잘못했다고, 내가 미안해 해야 한다고 그랬어. 근데.. 난 정말 기억이 안나…"

"기억이 안나?"

"... 미안해."

"미안하다고 하지마. 나 지금 화난거 아냐. 기억도 안난다면서 뭐가 미안해? 미안하다는 말 거짓말인 거 나도 알아."

"... 근데 진짜 기억이 안나. 언젠가 꼭 이야기 하고 싶었어. 지금이라도 말하고 싶어."

"그럼 그냥 말하지 말지 그랬냐. 평생 말 안해도 됐을텐데."

"... 뭐?"

"평생 그냥 말하지 말고, 미안해 하지도 말고, 기억 안나는 채로 살지 그랬냐고. 그럼 나 너 이렇게 괴롭히면서 재밌게 살았을텐데."

"... 뭐라고?"

"나 화난거 아냐. 나도 기억이 안나는데, 너라고 기억이 나겠냐. 야, 나 봐."

하빈이 살짝 고개를 들었다. 약간 들었을 뿐이지만 원영의 턱이 보였다. 눈을 보고 대화를 하고 있지 않았다.

"고개 더 들어봐. 어서!"

하빈은 고개를 더 들어 원영의 광대 뼈까지 보았다. 그때, 원영이 양손으로 하빈의 얼굴을 잡아 고개를 휙 하고 젖혔고 하빈은 볼이 뭉개진 채 우스꽝스러운 얼굴로 원영을 내려다 보게 되었다.

원영은 자신이 고개를 들게 만들었으면서도, 하빈의 웃긴 얼굴에 웃음이 터져 손을 놓친 뒤 고개를 숙이며 배꼽을 잡고 웃었다.

"하하하, 표정 봐. 표정 겁나 웃겼어."

하빈은 어리둥절한 표정으로, 허리를 숙이고 웃고 있는 원영의 등에 멘 가방을 보고 있었다. 가방이 들썩들썩, 마치 살아있는 것처럼 움직였다. 원영의 웃음이 잦아 드는 듯 싶다가 벌떡! 고개를 들었다.

"나 사실 우리 사이의 장르를 호러로 만들까 진지하게 생각했었어. 친하게 지내다가 신뢰를 얻고 둘

만이 있게 되었을 때 우정을 배신하고, 결국 친구에게 복수하는 내용의 호러물 말이야. 지금도 그 마음이 없지는 않아. 근데, 너 매번 나 만날 때마다 피하는 것도 꼴보기 싫고, 그 꼴보기 싫은 모습이 너 나름대로 하는 사과 혹은 속죄일지도 모른다고 생각을 하니 한편으로는 네가 불쌍해지더라. 근데 오늘 이야기 해주니 알겠네. 넌 기억이 안나는거잖아. 나도 기억이 안나고. 서로 기억에도 남아 있지 않은 일인데 계속 우리가 이럴 필요가 있을까 싶어."

하빈은 사이가 살짝 벌어진 듯 보이는, 하지만 어느 눈이 보이는 눈인지 확실히 아는 눈치로 여학생의 눈을 가만히 보고 있었다.

"그래서 난 정말 배신이 하고 싶어졌어. 너한테 하는 배신이나 복수가 아니라, 세상에 대한 배신. 상상하지 못하는 배신을 해보기로 했어. 사람들은 내가 너를 평생 증오하거나 복수하기를 바라고 있을지도 몰라. 근데 난 그러지 않으려고. 내가 세상 사람들이 생각하는대로 행동하면 뭔가 농락당하거나 빤히 수 읽히는 느낌이 들어서 말이지. 복수하지도 않겠지만 용서하지도 않을거야. 왜냐면 그럴 필요가 없거든. 이제 오늘에서야 알았거든. 잘못한 걸 인지를 해야 그 잘못에 대한 벌을 내릴 때, 아 씨발, 이게 벌이구나, 하고 알지. 안그러면 또 다른 피해자만 생겨. 그.러.니.까! 난 너한테 복수 안하고, 세상한테 복수할거야! 세상을 배신할거야. 아, 물론 내 눈이 원래

처럼 다시 보이거나, 문제가 없는 것처럼 보이지 않게 되지는 않을지도 몰라. 근데 이건 이제 너의 문제가 아니라 나의 문제야. 내가 불편하고 내가 아프고 내가 답답한 문제지, 이젠 너한테 더이상 내 문제의 원인을 넘기고 싶지 않아."

하빈의 눈에 눈물이 맺히는 것이 보였다.

"야, 우냐?"

원영은 인터넷에서 본 웃긴 사진 속에 나오는 자세를 취하며 고개를 숙인 하빈의 얼굴을 아래에서 쳐다보며 웃으며 말했다.

하빈은 대답하지 않았다.

"야, 우냐고? 네가 왜 울어? 울려면 내가 울어야지."

하빈이 대답했다. 눈을 너무 오래 뜨고 있었더니 건조해서 그렇다고, 마치 이전부터 존재하던 한 문장인 듯 숨도 쉬지 않고 자신이 눈물을 흘린 이유를 설명하는 하빈이었다.

원영은 하빈에게 한 걸음 더 가까이 다가갔다. 그리고 살짝 고개를 더 들어 하빈의 눈밑에 섰다. 어릴 적에는 거의 비슷한 몸무게와 키였던 두 사람이 이제는 꽤 다른 모습을 하고 있었다. 원영이 하빈을 보며 씨익, 웃었다.

"울지 말고 말해. 삭히지 말고 말해. 혼자 결론내지 말고 말해. 그래도 돼. 우리, 친구잖아."

하빈은 얼굴을 들이밀며 말하는 원영의 얼굴을

말없이 보았다가, 거리가 너무 가깝다는 걸 그제서야 알아차렸는지 한 걸음 뒤로 물러났다. 그리고 말했다.

"나는 나대로의 생각이 있었어. 기억에는 없어도 그 사실이 있었다는 사실은 사라지지 않으니까. 근데 아무리 생각해 봐도 너한테 내가 사과를 하는 것도 이상하고, 사과를 하지 않는 것도 이상했어. 생각을 정리해봐도 답이 안나오니, 일단은 피해야겠다 싶었지. 언제까지 피할 수 있을까. 우리가 대학생이 되고 생활 환경이 바뀌면 피할 수 있을까. 우리 부모님은 언제 삼촌이랑 아주머니를 다시 편하게 볼 수 있을까. 다시 멀리 이사를 가면 최소한 피할 수 있지는 않을까. 근데 피한다면 피해질 수 있는 성격의 것일까. 기억에 있든 없든 미안했어. 실수든 우연이든 미안했어. 미안함을 마음에 담고 사는 게 이렇게 힘든 일인줄 알았으면 차라리 미안해도 하지 말걸 그랬다 싶을 때도 많았어. 근데 있잖아.. 지금은 고마워. 고맙다는 말이 이상하게 들릴지 모르겠지만, 넌 다르게 느낄 수 있을지 모르지만 용서 받은 느낌이야. 네가 나를 용서하기로 결정한 것을 내가 존중해주기만 하면 되는 느낌이야. 나는 미안한데, 너는 용서해주어서 다시 시작할 수 있는 듯한 느낌이야. 사실 내가 느끼는 감정이 맞는지 모르겠어. 오늘 이전까지 나는 미안했는데, 오늘부터는 고마워… 뭔가 더 말하고 싶은데.. 그냥 고마워."

-

　원영은 웃고 있었다. 웃고 있었기에 눈동자가 보이지 않았다. 하지만 아버지를 닮아 웃을 때면 웃고있는지 울고 있는지 알아 채기 힘들었다.

라오스에는 뭔가 있다

"어디로 갈지 먼저 정해야 해요. 우리 어디 갈까요?"

"미얀마 어때요? 난 동남아에서 봉사활동을 해야겠다라고 떠올리면 미얀마가 먼저 떠올라요."

내가 속해 있는 해외봉사단에서 새로운 해외봉사를 가기 위한 첫 회의 시간이었다. 서울에 있는 대학교 학생들이 주축이 되어 만들어진 봉사단이었고, 나는 작년에 군대를 제대하고 복학하는 2학년 1학기에 들어왔다. 다행이었다. 신입생만 뽑지 않고, 해외봉사에 관심이 있는 학생이라면 누구나 지원할 수 있었기 때문에 나도 들어갈 수 있었다. 솔직히 말하면 대기업이나 유명한 봉사단체에서 주관하는 해외봉사단에도 여러 번 지원했었지만, 다 떨어졌다. 평소 관심이 없기도 했고, 누가 봐도 자기소개서에 몇 줄 추가하려는 의도가 뻔히 보였을 것이다.

1학기가 시작되고 한 달여가 지난 4월 첫째 주 주말 저녁, 대학생 회원들이 신촌에 있는 모임 공간에 모두 모였다. 이미 다들 친해진 뒤라 별다른 인사도 없이 회장인 태은이가 회의의 시작으로 봉사 장소를 정하자고 이야기를 꺼내자, 간호학과에 다니고 있는 희정이가 답하는 걸 나는 가만히 듣고 있었다. 희정이는 올해 들어온 신입회원이었지만 들어올 때부터 해외봉사를 간다는 사실에 꽤 들뜬 듯 보였다. 무엇보다 기업이나 학교에서 가는 봉사활동과는 다르게 학생들이 직접 해외봉사를 갈 곳을 정하고, 봉사내용도 기획하는 것에도 꽤 큰 의미를 부여했다. 나는 그런 희정이를 보고 나도 작년에는 저랬으면 좋았겠다 싶었다. 군대를 가기 전까지 아무런 동아리도 들지 않았었고 흔히들 하는 대외활동도 하지 않았다. 경영학을 전공하고 있긴 했지만 공부라고 해봐야 선배들이 학점을 잘 준다는 수업만 들으며 시간만 보내고 있을 뿐이었다.

그러다가 우연히 말년 휴가를 나와 만난 친구가, 내게 지금 내가 들어와 있는 대학생 해외봉사단을 추천해주었다. 평소 내가 큰 목표나 목적도 없이 지내는 것을 알고 있는 친구였다. 하지만 이 친구는 나와 달랐다. 의대를 다니고 있으면서, 방학마다 해외로 의료봉사를 다니는 친구였고 졸업 이후 의사가 되더라도 '국경 없는 의사회'에서 일하고 싶다고 말하던 친구였다. 나는 이 친구가 추천해 줄 정도면 좋은 곳이겠다 싶으면서도, 나는 그런 목적 의식이나 봉사 정신 같은 건 없다고, 그래도 추천은 해줘서 고맙다고만 했다. 친구는 잠시 머뭇거리더니, 한 가지 더 추천 이유를 대주었다. 그 이유가 너무나 세속적이었기에, 나는 친구의 솔직함이 무척 마음에 들었다. 대기업 채용에서 해외봉사단 스펙을 쳐준다는 것이었다. 친구의 말을 들은 뒤, 그래도 이왕이면 대기업이나 유명 단체에서 하는 곳들이 좋겠다 싶어 제대를 하고 복학하기 직전까지 여러 대기업에서 운영하는 봉사단과 단체에서 운영하는 곳들에 지원했었다.

결과는 전부 탈락. 그랬다가 마지막으로 친구가 추천한 곳에 지원했으니, 봉사단에 처음 들어왔던 작년에는 그렇게 열심히 할 턱이 없었다. 작년에는 아프리카의 국가 코트디부아르로의 봉사활동을 기획했고, 지난 겨울 방학에 봉사단으로 신청한 회원들은 다녀왔었는데 나는 가지 않았다. 2학년이기도 했고 들어온지도 얼마 되지 않았을 뿐만 아니라, 솔직히 대학생들이 장소 선정부터 기획만 한 채로 현지 상황도 모르는 채 아프리카로 떠난다는 것도 영 미덥지 않았기 때문이었다. 또 아무리 생각해도 아프리카는, 그리고 처음 들어보는 코트디부아르라는 나라는 너무 멀고 위험해 보였다. 작년에는 국내에서 준비하는 것만 도와주었고, 3학년이 된 지금은 이번 겨울 방학에 꼭 한 번 해외봉사를 가야 적을 수 있는 스펙이 생길 것이었다. 다행히 올해는 동남아 국가 중 어딘가로 갈 것이라는 것이 확실했다. 거의 10개월을 준비해서 겨울 방학에 가는 봉사인 만큼 중간에도 그만둘 수 있을 것이라는, 스스로 생각해도 대책없고 안일한 기분도 없지 않았다.

"미얀마? 미얀마 지금 갈 수 있어? 얼마 전에 군부 쿠데타 있지 않았어?"

부회장인 희석이가 희정의 말을 듣고, 1초 정도의 정적이 흐른 후 말을 이었다. 나와 같은 시점에 여기에 들어왔고, 동갑이기에 친구가 된 희석은 유명 대학의 법학과에 다니고 있었고, 변호사가 되는

171

게 꿈이라고 했다. 희석은 평소 자신의 이야기를 하는 것보다 다른 회원들의 의견을 반박하는 것을 통해 자신의 존재를 드러냈다. 변호사가 되기에는 아주 적합한 성격이라고는 할 수 있지만, 회의를 하는데 있어서는 매우 번거로운 성격이었다. 희석이의 입을 다물 수 있게 하는 마법 같은 문장이 있었는데, 그건 '그래서 네 의견은 뭐야?' 였다. 아직 회의 초반인 만큼 회원들은 마법을 아꼈다.

"그래요? 그러니까 더 도움이 필요한 거 아니에요?"

희정이는 지지 않으려는 듯 희석이의 말에 다시 반박의 한 마디를 던졌다. 나도 생각해보니 쿠데타가 있었던 나라라면 형편이 어려운 사람들은 더 힘들어지기 마련이므로, 미얀마에 가는 것도 나쁘지 않겠다 싶었다. 더불어 쿠데타가 일어난 곳까지 일부러 가서 봉사활동을 했다는 것은 다른 해외봉사들 보다 자기소개서에도 쓸 뭔가가 있어 보였다. 혹시 가서 반군에게 납치라도 당하고, 국제 뉴스에도 나왔다가 우리 봉사단이 그들을 설득해서 다시 살아 돌아오는 일이라도 생기면 이건 100% 뽑히는 자기소개서가 될 것이었다. 생각이 여기까지 미치자 나도 의견을 더했다.

"그러게. 오히려 그러니까 미얀마에 우리가 도울 사람이 많을 것 같기도 해."

"무슨 소리야? 우리가 미얀마에 들어갈 수가 없다

고. 외국인들 들어오는 걸 막고 있다고."

내가 말을 마치자 마자 희석이가 살짝 짜증을 섞어 말을 받아쳤다. 희정이는 그래도 후배라고 감정을 섞지 않은 듯 했지만 나에게는 마음껏 감정을 표출했다. 동갑이라서 그랬을 수도 있지만, 평소에도 희석이는 나에게 핀잔을 주는 것을 즐겼다. 자신보다 좋지 않은 대학교에서 경영학을 전공하고 있는 나를 살짝 아래로 보는 듯한 인상이었다. 희석이가 훨씬 더 좋은 대학을 다니고 있는 것이 사실이었기에 나는 내가 느끼는 감정이 피해의식인지 아니면 실제로 희석이가 나를 아래로 보고 있는 것인지 확신할 수 없었다. 확실한 건 내 기분이 애매하게 더럽다는 것이었다. 대놓고 무시한다면 주변에서도 알아차리고 희석이를 공동의 적으로 만들 수도 있었겠지만, 은근한 무시와 핀잔들이 이어졌기에 나도 적절한 대응을 찾지 못한 채로 시간만 보내고 있었다.

"그래. 알겠어. 그럼 미얀마 말고 다른 나라 생각해보자."

태은이가 희석이의 말에 반응하며, 회의를 이어나갔다. 태은에게 고마웠다. 태은이의 말이 없었다면, 나는 순간 희석에게 사과를 할 뻔 했다. '미안, 내가 몰랐네.' 라고. 자존심을 세우고 희석의 말에 뭐든 한 마디 더 붙일 수도 있었지만, 솔직히 어디든 관계없다는 생각이 더 컸다. 동남아 어디든 나는 이번에 해외봉사를 갈 것이고, 가서도 적당히 시키는 일을 할 것이고, 몸도 마음도 다치지 않고 다시 한국으로 돌아와서 마치 그 나라에서 내가 큰 일을 한 것처럼 자기소개서에 적기만 하면 되는 것이었다. 대놓고 그런 자세를 취하면 혹시라도 내가 해외봉사단원으로서 함께 가는 것에 대해 부정적인 생각을 가진 회원들이 생길까봐 그래서 내가 해외봉사를 가는 것에 반대하는 회원이 있을까봐 참고 있는 것 뿐이었다. 나는 꼭 이번 해외봉사에 가서, 뭐라도 짓고, 누구라도 만나고, 어떤 감정이라도 느껴야 했다. 사실 취업을 위한 목적만이 있는 것은 아니었다. 난 해외에 한 번도 나간 적이 었었다.

23년이라는 짧다면 짧고 길다면 긴 인생동안 해외에 한 번도 나가보지 않았다는 것이 부끄럽지 않았다. 부끄러울 필요도 없었다. 여행이든 어학연수든 나갈 기회는 있었지만 나가지 않았다. 사실 나갈 필요성 자체를 딱히 느끼지 않았다. 무언가를 무리해서 하거나 아니면 조금이라도 나 스스로를 희생해서 무언가를 해야 한다는 것이 싫었다. 또 '도전' 이라는 단어만 들으면 살짝 몸서리가 쳐지기도 할 정도로 편하고 안전한 것이 좋았다. 나의 이런 성격은 아마도 집안의 분위기인 듯 했다. 지방에 계신 부모님께서는 세탁소를 운영하고 계셨는데, 큰 돈은 벌지 못하셨지만 외동아들인 나를 키우고 교육시키고 작게나마 미래를 준비하는데 있어 어려움을 겪을 정도는 아니었다. 그런 탓인지 부모님은 욕심이 없으셨다. 하루하루 건강하게 지내고, 손님이 갑자기 끊기는 일만 없다면 무리해서 무언가를 할 필요는 없다고 하셨다. 나는 그런 부모님의 덕인지 탓인지 모르겠지만, 두 분이 가진 좋은 점은 하나도 배우지 않고 적당함만을 배웠다. 적당히 공부했고, 적당히 쉬었다. 적당히 행복했고, 적당히 우울했다. 공부머리는 있었던지 조금 노력을 하면 좋은 점수를 받았기에, 공부는 더더욱 적당의 선을 넘어가지 않았다. 운 좋게 서울에 있는 4년제 사립대에 합격했을 때도 내가 느끼는 감정이 기쁜 감정인지, 아쉬운 감정인지 잘 이해할 수 없었다.

'우리나라에도 좋은데 많은데 굳이 비싼 돈 내고 해외여행을 왜 가?'라는 부모님의 입버릇이 나에게로 전염된 것도 마찬가지였다. 굳이, 해외를, 왜. 하지만 이런 태도는 지금 같은 시대에는 딱히 좋은 태도라고는 볼 수 없었다. 외국어를 배우기 위해서라는 목적 보다는 세계가 얼마나 넓고, 사람들은 얼마나 다양한지 등등에 대한 것들을 나는 신경쓰지 않았지만, 서울에 대학을 오고 난 뒤 만난 몇몇 친구들은 세계인으로의 태도도 가진 듯 보였다. 이제 제대해서 해외에 나가는 것도 자유롭겠다, 이참에 해외에 나가보고 싶었다. 그게 해외봉사라 할지라고, 또 취직 준비에 쓸 스펙을 만들기 위해서라 할지라도 말이다.

"라오스 어때?"

회장인 태은이가 조용한 회원들 사이로 다시 자신의 목소리를 찔러 넣었다. 아니, 근데 다들 왜 이렇게 조용한거야? 여기 해외봉사 가는 단체인 거 다들 알고 들어온 거 아니었어? 그리고 오늘 회의가 해외봉사 갈 나라 정하는 회의인 거 알고 왔잖아? 근데도 이렇게 조용하다고? 아, 내가 할 말은 아니었다. 그래도 만약에 이렇게 가만히 있다가 혹시 해외봉사 자체를 가지 못하게 될지도 모른다고 생각하니 나는 살짝 불안해졌다. 안되지, 그럴 수는 없지.

"라오스 좋은데? 나 얼마 전에 무라카미 하루키 책 우연히, 읽지는 않고 제목만 봤는데 라오스 한 번 가보고 싶어지더라."

"무라카미 하루키 책에 라오스가 나와?"

내 말에 테이블의 상석, 그러니까 화이트보드 바로 앞 긴 테이블의 끝에 앉은 태은이가 반대편 끝에 앉은 나를 뚫어지게 보며 다시 물었다. 눈이 반짝이는 듯 보였던 것은 나만의 착각이었을까.

"응. '라오스에 대체 뭐가 있는데요?'라는 책이었어. 안읽어보긴 했어도, 무라카미 하루키도 라오스에 뭔가 있으니까 저런 책 적은 건 아닐까 싶었어."

"그렇구나. 나 그 책 찾아봐야겠다."

태은이 말했다.

"아, 무슨 소설가가 적은 책 제목 보고 해외봉사 나라를 정하냐? 초딩이야?"

희석이 말했다. 희석의 말이 끝나기 무섭게, 태은

이가 희석에게 다시 물었다.

"그래서 네 의견은 뭐야? 라오스 말고 다른 나라 생각해 온 곳 있어?"

태은의 마법에 희석은 입을 다물었다.

-

1월의 라오스는 춥지도 덥지도 않았다. 반팔만 입고 있기에는 이상하리만큼 쌀쌀하다는 느낌이었고, 그렇다고 긴 팔을 입자니 어느새 땀이 등에 살짝 맺혔다. 라오스 현지인들 중에는 패딩을 입고 다니는 사람들도 보였다. 아니, 그렇다고 패딩까지 입을 일은 아니지 않나 생각하면서도, 라오스 사람들이 느끼는 온도는 또 다를 수 있겠다 싶었다. 동남아시아는 일 년 내내 따뜻할 줄 알았는데, 아니었다. 첫 번째 잘못된 생각이었다. 잠을 잘 때 입으려고 가지고 온 얇은 겉옷 하나를 입었다가 벗었다가 하며 간신히 감기로부터 나를 보호할 수 있었다.

어이 없게도, 정말 무라카미 하루키의 책 제목으로부터 시작된 라오스에 대한 호기심이 시작점이 되어 라오스가 해외봉사 국가로 결정되었던 것이다. 이렇게 결정되는 것이 대학생 단체이기에 가능한 장점일지 단점일지는 나도 잘 몰랐다. 라오스로 해외봉사를 가기로 결정한 이후, 더 구체적인 지역과 봉사활동 내용을 기획하고 또 현지에서 우리와 함께 통역과 현지 코디네이터를 해줄 라오스에 있는 다른 해외NGO를 찾는데 3개월의 시간이 흘렀다. 그 사이 예산 공모를 해서 예산까지 받아와야 했으므로 꽤 빡빡한 시간들이었다. 마치 작은 회사가 굴러가는 듯 했다. 회장인 태은이는 예산 공모사업을 맡아서 했고, 영어도 잘하고 좋은 대학에 다녀 인맥도 넓은 희석이 해외 NGO를 물색했다. 나는 현지에 가서 할 수 있는 봉사활동에 대한 아이디어를 맡았다. 군대를 다녀왔으니, 어쨌든 3학년 선배니, 작년에 해외봉사는 가지 않았어도 준비를 해본 경험이 있으니 나에게도 팀장 비슷한 일이 떨어진 것이었다. 오히려 좋았다. 작년에 선배들 보면서 해본 일이기도 했고, '팀장'의 역할을 했으니 '기획팀장' 정도로 이름을 바꾸어서 자기소개서에 쓸 수 있을 것 같기도 했다. 물론 내가 실제로 한 일이라곤 인터넷에 '해외봉사' 치면 나오는 봉사들을 모아서 정리하는 것 뿐이었다. 우리 셋을 제외한 나머지 단원들은 우리 셋을 중심으로 3명 혹은 4명씩 팀을 이뤘다. 학번이 높고 작년에 경험을 해보았다고 하더라도 결코 뛰어난 것이 아니라는 것을 몸소 보여주리라 다짐했는데, 다행히 다른 회원들은 크게 나를 신경쓰지 않는 듯 했다. 나는 팀장이기만 하면 됐다.

라오스의 수도 비엔티엔, 라오어로는 위앙짠에 가기로 결정되고 예산은 행정안전부의 민간 공모 예산을 받아왔다. 예산을 받아올 수 있었던 건 희석이 찾은 현지 해외 NGO와 우리가 협력해서 해외봉사를 진행한다고 신청했고 그 덕에 해외NGO의 성과를 그대로 인정 받았기 때문이었다. 해외NGO 측에서는 자신들 역시 봉사단원 모집이라는 번거로운 일은 하지 않을 수 있었고, 자기들이 쓸 수 있는 예산도 일부 들어가 있어 서로에게 윈-윈이었다. 희석은 이 일로 자신이 마치 이번 해외봉사에 큰 공이 있는 것으로 생각하는 듯 했다. 뭐, 상관 없었다. 해외에 갈 수 있다면, 해외 봉사를 할 수 있다면, 그걸로 나에게 충분했다.

현지 NGO와의 컨택도 가능해지고, 행안부 예산도 확보된 시점부터 내가 미리 찾아놓고, 나름의 커리큘럼까지 짜놓은 교육이 시작되었다. 막상 현지에 가서 할 수 있는 것들이란 몸으로 떼우는 것들이 대부분이었기에, 가기 전에 필요한 공부나 연습 등이 필요했다. 라오스어 그러니까 라오어라고 불리는 라오스인들의 말도 공부했다. 매 회의 때마다 몇 개의 단어를 외우는 방식이었는데, 솔직히 인사라도 제대로 기억했으면 싶었다. 적을 수 있는 수준까지 가는 것은 애초에 무리였다. 너무 긴 시간 준비하다 보니 처음 배운 것을 파견 직전에는 다 까먹는 일까지 생겼다. 우리는 해외봉사만을 준비하는 사람들이 아니라, 학교 생활을 하면서 봉사도 같이 준비해야 했기에 라오스 해외봉사는 그 어떤 것보다 우선해야 되는 1순위의 것은 아니었다.

현지NGO의 요청에 따라 라오스 수도의 비엔티
엔 근교의 초등학교를 중심으로 해외봉사를 하기로
결정했다. 그리고 그곳에 필요한 것이 도서관이라는
사실과 대부분의 라오스 아이들은 바다를 실제로 한
번도 본 적이 없고, 또 라오스가 어디에 위치하고 있
는지도 모른다는 이야기도 이메일을 통해 알게 되었
다. 그렇다면 우리는 도서관을 짓고, 아이들에게 바
다와 라오스의 위치를 보여주자는 걸로 크게 방향이
잡혔다. 도서관은 예산 부족으로 완성되지 못한 채
토대만 덩그러니 있는 사진을 현지 코디네이터는 우
리에게 보냈다. 도서관 건설에 필요한 자재를 현지
에서 구입할 수 있는 비용은 이미 예산에 있었으므
로, 그것을 우선 송금하는 것으로 결정했다. '바다
와 라오스의 위치 알기'라는 긴 이름의 교육은 '국
제시민교육'이라는 이름으로 바꾸고, 아이들에게 무
슨 내용을 어떻게 가르칠 것인지, 시간은 어떻게 할
것인지 등등을 구성하고 배우는 과정을 반복하다 보
니, 어느 덧 겨울방학이 되어 있었다.

-

　　막상 라오스에 도착하니, 별 감흥이 들지 않았다.
거의 1년 간 준비를 했기 때문일까. 아니면 애초엔
내가 가진 기대치 자체가 낮았기 때문일까. 대부분
처음 해외를 나가게 되는 계기는 관광이나 여행일텐

데, 라오스는 첫 해외여행지로는 딱히 선호 받는 나라는 아니었다. 그래서 그런지 나는 오히려 인천공항 국제선이 가지고 있는 들뜬 분위기가 더 좋았다. 편해 보이면서도 화려한 옷들을 입은 사람들과 간간이 보이는 커플티를 입은 신혼부부들을 보면서, 저 사람들은 어디를 가는 걸까, 나보다는 좋은 곳을 가겠지 하는 생각도 들었다.

약 5시간의 비행 끝에 도착한 비엔티엔 국제공항은, 국제공항이라고 하기에는 좀 작았다. 면세점도 크다/작다로 구분하지 않고, 있다/없다로만 구분할 할 수 있을 만큼 초라했고, 현지인들의 키도 작았다. 뭐가 이리 다들 작지, 생각하며 라오스는 작은 나라인가 하는 생각도 들기도 했다.

입국 수속을 마치고 개인 짐을 챙기고, 해외봉사에 필요한 물품도 다 챙겨서 출구로 나오자 현지 코디네이터가 우리를 반겼다. 곽승희 코디네이터. 이미 메일로는 이야기를 많이 나누었기에 친밀함까지는 아니라도 친근함은 느끼고 있는 현지 NGO의 코디네이터. 메일을 주고 받으면서 철저하게 일정 관리와 봉사내용 등에 대해서 물어보기에, 좀 팍팍한 성격과 그런 성격과 어울릴 듯한 비쩍 마른 모습을 상상했었다. 하지만 처음 만난 그 자리에서, 나는 곽 코디님의 웃는 얼굴에, 그리고 푸근한 인상과 몸매에 비행의 피로가 풀리는 듯 했다. 곽 코디님은 자신을 부를 때 그냥 이름을 부르거나 아니면 곽코디로 불러 달라고 했지만, 우리는 그럴 수는 없다며 곽승희 코디님을 코디님으로 부르기로 했다. 대절된 버스에 짐을 다 싣고, 단원들과 함께 봉사지로 이동하는 그 시간동안 나는, 뜬금없지만 사람을 제대로 파악하고 이해한다는 것은 어떻게 하면 될까를 생각했다. 나는 사람을 잘 파악하지 못한다는 사실을 새삼 느꼈다. 그리고 코디님을 통해 배운 것이 있으니, 이제 나는 좀 더 사람을 잘 이해하는 사람이 되는 시작을 한 것은 아닐까 생각했다. 내가 라오스 현지에서 한 두 번째 잘못된 생각이었다.

-

해외봉사를 기획할 때부터 이미 알고 있는 일이긴 했어도, 막상 홈스테이를 하려니 여간 불편한 게 아니었다. 라오스의 집 특성 상 1층은 부엌이겠지만 부엌이라고 부르긴 좀 애매한 공간과 넓은 창고 같은 공간이 있었다. 계단을 통해 2층으로 올라가야 방이 있었고, 방은 두 개 밖에 없었는데 그 중 하나에는 홈스테이를 제공해 준 집 가족이 잠을 잤고, 다른 하나의 방에는 여자 회원들이 잠을 잤다. 남자인 나는 또 다른 단원 한 명과 함께 벽이 한 면이 없는, 그러니까 굳이 따지자면 거실이자 테라스 같은 공간에서 잠을 자야했다. 동남아였지만, 해가 지면 추웠고 나는 그렇게 감기에 걸리지 않기 위해 필사적으로 침

낭 안에 내 몸을 구겨 넣어야 했다.

왜, 홈스테이를 해야 하냐, 수도 인근이니 잠은 수도에 있는 호텔이나 유스호스텔 같은 데서 자고 낮에 봉사를 하고 돌아와도 되지 않냐라는 의견들이 없었던 것은 아니다. 하지만 약 2주간 진행되는 봉사활동 기간 내도록 호텔에서 지낼 수 있는 예산도 없었을 뿐만 아니라, 매일 아침과 저녁으로 왕복하는 것 자체가 무리가 있었다. 차를 타도 편도로 한 시간 이상 걸리고 길도 아스팔트가 아닌 곳을 매일 왕복한다면, 봉사를 시작하기도 전에 진이 빠질 것이 분명했다. 그리고 무엇보다 홈스테이를 해야할 이유가 있었는데, 홈스테이를 하면 홈스테이 가정에 식비와 숙박비 명목으로 얼마 간의 돈을 지불하도록 되어 있는데 그것이 홈스테이 가정에게 있어서는 큰 이익이 되었다. 그것으로 가난을 벗어날 수 있을 정도는 아니어도, 적어도 아이들이 좀 더 편하게 공부할 수 있도록 하는 정도의 돈은 되었다.

내가 홈스테이를 한 곳은 아들만 두 명이 있는 집이었다. 형제를 처음 만난 날, 형으로 보이는 아이는 살짝 어딘가 불편해 보였다. 이런 표현이 어떨지 모르겠지만, 항상 웃고 있어서 보는 사람이 불편했다. 말이 통하지 않으니 왜 웃는지 물어 볼 수도 없고, 왜 웃냐고 화를 낼 수도 없었다. 같은 곳에 홈스테이를 하는 회원들과 함께 코디님이 가족들에게 우리를 소개하고 있었는데, 내 반응이 이상했던지 코디님이 조용히 내게 다가오더니 형인 아이는 장애가 있고, 그 탓에 학교를 다니지 않는다고 전했다. 이 동네에 특수학교까지 세울 수 있는 상황의 지역이 아닌 탓에 아이는 집에서 말이 좋아 홈스쿨링, 사실상 방치에 가까운 생활을 하고 있었다. 수도 중심지에 간다면 특수학교는 있을 수 있겠지만, 이곳에 사는 이 아이를 데리러 이곳까지 차가 올 수도 없고 부모도 이 아이를 데려다 줄 수 없었다. 그래서 이 아이는 집에만 있었다. 형인 아이는 한글이 적힌 티셔츠를 입고 있었는데, 그게 나는 마음에 걸렸다. "한마음 봉사단". 봉사단이 남겨놓고 간 티셔츠인 듯 보였다.

홈스테이 가정에 짐을 풀고, 본격적인 봉사를 하기 위해 걸어서 5분 거리인 초등학교에 모였다. 정문인 듯 보이는 곳에는 큰 나무 두 그루만 서 있었다. '정문을 지난다'는 건 의미가 없었다. 두 나무 옆으로 작은 나무들이 듬성듬성 서 있긴 했어도 학교와 학교가 아닌 공간을 구분 지을 정도로 빽빽하지 않았다. 오히려 아무것도 없어 넓어 보이는 운동장만이 이곳이 학교일 수 있겠다, 하는 생각을 들게 했다. 정문의 맞은편, 그러니까 운동장 건너에는 단층 건물 두 개가 보였다. 아직 들어가보지 않았지만, 저 건물에서 아이들은 공부를 하고 있겠지. 창문들이 많아 보였는데, 창 안쪽은 어두워서 잘 보이지 않았다.

정문 오른편으로 넓다고는 할 수 없지만, 뭔가 세우다가 만 듯 보이는 토대가 보였다. 여기였다. 여기가 도서관이 세워질 장소였다. 토대 옆으로 미리 주문해놓은 벽돌과 시멘트 푸대들이 쌓여 있는 것이 보였다. 건기였으므로, 아무것도 덮어놓지 않은 채였다. 벽돌과 시멘트는 어서 자신들을 사용해 도서관이 되기를 기다리는 듯도 보였는데, 그건 내가 도서관을 짓는 일에 있어 팀장을 하기도 했기 때문이기도 했다. 군대에서 공병대에 있었다, 무언가를 짓거나 부수는데는 일가견이 있다, 라고 내가 말했다. 파견 전에는 기획팀장이었다가, 봉사 파견 후에는 도서관팀장이라는 되었다는 스토리였다. 내가 공병대 출신이라는 건 틀린 말은 아니었지만, 그렇다고 사실도 아니었다. 나는 공병대에서 행정병이었다. 쓸데 없는 서류들을 각 잡아 적는 일만 했지, 사실 벽돌을 어떻게 쌓는지 조차 몰랐다. 봉사 오기 전 유튜브로 보기는 했어도, 현지에 온 이상 현지인 인부들 중 누군가로부터 배워야 했다.

그 현지인 인부들 중 펩이 있었다.

펩은 학생인지 어른인지 구분이 가지 않는 사람이었다. 얼굴이 붉은 색을 띄었는데, 그래서 이름이 펩이라고 했다. 그 연관성에 대해서 물어보려고 했지만, 그걸 물어볼 시점을 놓친 탓에 혼자 펩이라는 단어가 그냥 '붉다'는 뜻인가 보다 하고 생각하기로 했다.

펩은 마을에서 있는 모든 일들을 했다. 20살은 넘은 듯 했다. 담배를 피었기 때문에 그런 확신을 가질 수 있었다. 그렇다고 대학생은 확실히 아니었고, 내가 지내게 되는 홈스테이 집의 오른쪽 두 번째 집에서 가족과 함께 살고 있다고 했고, 아직 결혼은 하지 않았다. 정해진 일자리로 출근은 하지 않고, 마을에서 그때그때 일이 있으면 일을 돕고 그 삯을 받는 듯했다. 그런 펩에게 나름 안정적인 새로운 일이 생긴 것이었다. 이 학교에 지을 도서관을 함께 짓는 것. 2주의 시간동안 함께 도서관을 짓게 되었으니, 나는 우선 펩과 친해져야 이것저것 일을 시킬 수 있겠다 싶어 먼저 다가갔다. 악수를 청했고, 펩이 손을 내게 내밀어 맞잡아 주었다. 마치 무협소설의 한 장면처럼, 나는 펩의 손을 잡자마자 알아볼 수 있었다. '이 친구, 보통내기가 아니군.' 내가 무슨 술법에 능해서가 아니라, 얼굴은 어려보였지만 잡은 손에 느껴지는 굳은 살에 내 손이 다 따가울 지경이었다. 펩은 내가 어떤 생각을 하는지 신경도 안쓰고, 나를 보며 활짝 웃어주었다. 가까이에서 보니, 짧아만 보였던 머리는 젤로 바짝 세운 것이었다. 멋을 부리는구나. 신기했다. 거의 하루 종일 육체노동을 하는 사람이 머리에 젤을 바르다니. 그래서 더욱 어려보였다. 서로 말은 통하지 않으니, 악수만으로 그리고 눈 인사만으로 끝낸 인사. 나는 내 이름, 주혁을 반복해서 펩에게 말했다. 나는 코디님이 말해주었으므로 펩이 펩인 줄 알았지만, 펩도 내가 자신을 소개하라는 걸로 알았는지 펩펩펩, 자신의 이름을 세 번 반복해서 말하는 것을 들었다.

펩, 이게 너의 이름이구나.

펩, 그게 너의 이름이었다.

펩과 손을 놓고 다시 도서관 토대가 있는 곳으로 더 가까이 이동했다. 펩이라는 친구가 일을 잘할 듯 보였으니, 이 친구에게 앞으로 험한 일은 좀 부탁해도 되겠다 생각하며 걸었다. 어차피 돈을 받고 일을 하는 사람이니, 이 공사 비용을 대는 우리가 이 사람에게 일을 시키는 건 당연한 일이었다. 내가 라오스에서 생각한 세 번째 잘못된 생각이었다. 토대 가까이 다가가자 공사를 한 지 좀 시간이 오래 된 듯 검은 선들이 많이 있었다. 이 선들은 무엇인가 곽코디님에게 묻자, 노출된 상태로 그대로 오래 두자 비가 내렸다가 말랐다가, 흙먼지가 쌓였다가 말랐다가 하다 보니 이렇게 검은 선들이 되어버렸다고 했다. 이제 곧 다시 공사가 시작되면 타일로 가려질테니 걱정할 것은 아니라고 했다. 나는 그 검은 선들이 마치 나이테 같았다. 나무에게만 나이테가 있는 것이 아니라 도서관에도 나이테가 있다는 생각만으로 뭔가 이 도서관이 나에게 특별한 의미를 갖는 듯 했다.

다른 회원들이 '국제시민교육'을 하는 동안 나는 아침을 먹고 난 뒤부터 늦은 오후까지 도서관을 지었다. 나와 함께 도서관을 담당한 태현이와 창훈이는 자신들이 마치 현지의 인부가 된 것 같다며, 이게 말이 좋아 봉사활동이지 결국 노가다라는 불만을 가끔씩 드러내기도 했다. 나는 그런 불만들이 이해가 되지 않는 것도 아니었다. '해외봉사'라고 생각하면 현지의 아이들과 웃으며 찍은 사진이나 벽화를 그린 뒤 얼굴에 페이트를 묻힌 채로 찍은 사진, 아니면 아이들이 느낀 고단함에 공감하며 우는 사진 등이 떠오르는 것도 사실이었다. 근데 우리가 하는 일이라고는 언제 끝날지 모르는 벽돌쌓기를 기계적으로 하는 것, 그 뿐이었다. 가끔 사진 찍는 것을 담당하는 여자 회원인 다은이 우리를 찾아와선 '사진 찍으려고 했는데, 어제랑 똑같은 작업이네요.'라고 말하며 '오늘은 벽돌을 든 모습을 찍을게요.' 한 마디 한 뒤, 우리가 벽돌을 든 모습을 찍고 다시 교사(校舍)로 돌아갔다. 나는 오히려 단순하고 반복적인 작업이 좋았다. 별로 생각할 필요가 없어서, 이 봉사활동을 마치고 돌아가면 직면해야 할 4학년의 압박을 잊을 수 있었다. 그리고 단순반복이라고 할지라도 꽤 체력 소모가 커서, 일을 마치고 난 뒤 잠자리에 들면 꿈도 꾸지 않고 잠들 수 있었다. 한국에서는 스마트폰으로 SNS를 하니, 넷플릭스를 보니, 유튜브를 보니 하며 늦잠을 자기 일쑤였고, 그 탓에 잠도 푹 자지 못했는데 여기에 와서는 몸도 피곤하고 할 수 있는 것도 없으니 잠이 정말 잘 왔다. 그리고 규칙적인 생활에 익숙해지자 건강해졌다. 군대에서는 불침번이라도 섰지만, 여긴 불침번도 없었기 때문이다.

내가 홈스테이 가정에서 아침을 먹고 도서관으로 출근(?)하면 펩은 항상 먼저 와서 작업을 준비하고 있었다. 작업을 혼자 할 수는 없으므로 도서관을 지을 사람이 다 모이기 전까지 사전 작업을 하는 듯 했다. 좋은 일꾼이야, 나는 속으로 생각하며 간단히 몸을 푼 뒤 매일 도서관을 지었다.

아무런 특별한 일도 없는 날이었고, 하늘이 맑다고 생각한 날이었다. 내가 높은 곳에 벽돌을 쌓기 위해 올라간 나무 사다리에서 떨어진 날이기도 했다.

쿵.

몸무게를 좀 뺄 걸. 그랬으면 좀 덜 아팠을텐데. 나는 조금이라도 내 몸에 받는 충격을 줄여볼까 싶어 오른손을 바닥으로 뻗었고, 분명 몸이 받는 충격은 줄었겠지만 오른 팔목이 삐끗해 버리는 일이 일어났다. 돌리려면 돌릴 수는 있어 보여서 뼈가 부러진 것은 아닌 듯 했고, 대신 조금이라도 팔목에 힘이 들어가거나 충격이 가해지면 머리카락 끝까지 저릿할 만큼 아팠다. 내가 다치자 작업이 일시적으로 중단되었다. 국제시민교육 통역을 하고 있던 코디님이 내가 다쳤다는 소식을 듣고, 응급구급함을 들고 도서관으로 달려 왔다. 나는 왼손으로 오른 팔목에서 멀찍이 떨어진 부위를 잡은 채 앉아 있었다.

"괜찮아요? 어떻게 아파요?"

"아, 그냥.. 사다리에서 떨어지면서 오른 손을 뻗

어서 좀 찌뿌했어요. 아프긴 한데, 뼈가 부러지거나 그러지는 않은 듯 해요."

"일단 뿌리는 파스 뿌리고, 붙이는 파스 붙여줄게요."

"네..."

코디님이 뿌리는 파스를 뿌리자 콧속에 파스향이 강하게 훅 들어왔다. 그리고 동시에 어디선가 훌쩍이는 소리가 들렸다. 훌쩍? 지금 내가 아파서 울고 있는 건 아닌데, 누가 울고 있는거지? 하며 주변을 돌아보니 펩이 울고 있었다. 티나게 울고 있진 않지만, 훌쩍임을 숨길 수는 또 없을 정도로. 나는 손목에서 시원함을 느끼는 것과 동시에 '왜?'라는 질문이 계속 머리에서 떠나지 않았다. '아니, 펩의 잘못도 아닌데 왜 울지? 펩이 사다리를 놓은 것도 아니고, 그냥 내가 실수해서 떨어진 것 뿐인데?' 나는 아무리 생각해 봐도 펩이 우는 이유를 알아챌 수 없었다. 마침 곽코디님이 내 앞에 있으니 부탁을 드려 '펩이 지금 울고 있는데, 그 이유를 좀 물어봐 주실 수 있어요?'라고 하고 싶었지만, 이런 질문 또한 이상한 질문이었다.

이날이 도서관을 짓기 시작한 지 4일째 되는 날이었다. 라오스에 도착한 첫날은 서로 소개를 하고, 홈스테이 집에서 짐을 푸는 것들 등등을 하느라 일을 못했던 월요일이었고, 화요일부터 일을 시작해 이날이 금요일이었다. 주말에는 일을 하지 않고 쉬는 것

190

이 원칙이었으니 오늘 다친 것이 천만다행이기도 했다. 도서관을 짓기 시작한 지 4일이라는 말은 내가 펩을 만난 지 5일째, 함께 일을 한 지 4일째라는 말과 같은 말이었다. 4일 동안 같이 일을 한 사람이 다쳤다고 울 수 있는건가. 내가 만약 내년에 졸업을 하고 취업을 했는데, 취업 4일 만에 동료 누군가가 일을 하다가 다쳤다고 울 것인가라는 질문을 내가 받는다면 나는 당당히 '아니요'라고 대답할 수 있을 것 같았다. 근데 펩은 울고 있었다. 펩은 왜 울었을까, 언젠가 꼭 물어보리라 생각했다.

-

다행히 크게 다치진 않았던지 일요일 오후가 되자, 붓기도 많이 빠지고 움직여도 그다지 아프지 않았다. '아프다'라는 인식은 있었지만, 팔목 때문에 아무것도 못할 정도는 아니었다. 다른 회원들이 내가 묵고 있는 홈스테이 가정에 와서, 한국에서 가져온 여러 가지 음식들을 하나 둘 놓아두고 간 덕에 주말동안은 나는 여기가 라오스인지 한국인지 모를 정도로 한국의 먹을 것들을 많이 먹었다. 그 중에 컵라면 하나는 홈스테이 가정의 큰 아들에게 주었다. 둘다 집에서만 지내는 주말동안 꽤 친해졌다. 부모님은 농사를 지었기에 주말에도 일을 하러 나갔고, 동생은 학교 친구들이랑 노느라 집에 없었으니 둘 다

심심하기에는 마찬가지였다. 다른 봉사단 회원들도 첫 주말을 각자의 시간을 보내는데 힘썼다. 멀리 나가지는 못해도 몇 명씩 짝을 이루어 택시를 불러 주변의 관광지를 다녀 온 듯 했다. 나도 갈 수 있었지만, 아무래도 오른손잡이인 내가 왼손으로 같이 음식을 먹는 것도, 무언가를 사는데도 번거로울 듯 해 나는 그냥 집에서 쉬는 것을 택했다.

집에 있는 거의 대부분의 시간동안 나는 부엌 옆 공간에 피워둔 장작불 앞에 앉아 있었다. 내가 불을 보며 앉아 있는 것을 본 홈스테이의 큰 아들도 내 건너편에 앉았다. 그리고 우리 둘은 아무 말도 없이 그저 웃기만 했다. 큰 소리를 내지 않는 웃음. 하지만 치아가 다 드러날 정도로 환한 미소. 큰 아들은 내가 아픈지 어쩐지 모르는 듯 했다. 아픈 사람을 앞에 두고 저렇게 환하게 웃을 수는 없으리라. 그것도 자기 동네에 있는 학교에 도서관을 짓다가 다친 사람을 앞에 두곤 말이다. 나는 그 웃음을 피하고 싶었지만, 계속 보다 보니 나도 모르게 웃음이 났다. 순수한 웃음. 이때는 몰랐다. 라오스의 특산물(?)이라고 할 수 있는 것 중 하나가 어린 아이들의 웃음이라는 것을. 나는 시간이 지난 지금까지도 그 웃음을 잊을 수 없다.

손목도 어느 정도 나은 일요일 밤, 이틀 간 일도 하지 않고 푹 쉰 덕인지 밤에 잠을 자려 했지만 잠이 오지 않았다. 나는 담배를 주섬주섬 챙겨 들고, 너무 불빛이 약해서 저게 제대로 역할을 하고 있긴 한가 싶은 가로등이 밝혀진 길로 나왔다. 아이들 앞에서는 담배를 피우려고 하지 않았기에 밤이 되어서나, 아니면 도서관 뒤편에서 담배를 피웠다. 지금은 애들은 다들 자겠지. 나무로 만든 전신주에 조악하게 달려 있는 가로등 불빛 아래에 잠시 서서 담배에 불을 붙이려고 했다. 이틀이라도 왼손으로 담뱃불을 붙이는 것이 습관이 되었던지 담배를 입에 물고 왼손으로 라이터를 들고 불을 붙이려는데 불이 잘 붙지 않았다. 라이터를 오른손으로 바꾸어 들고 다시 불을 붙이려고 했는데도 불이 잘 붙지 않긴 마찬가지였다. 부싯돌을 돌릴 힘이 없었던 탓일까, 아리면 가스가 다 떨어져 버린 것일까 하는 생각을 하는 찰나, 불빛이 하나 내 얼굴 가까이에 다가왔다. 라이터 불이었다. 그리고 그 라이터불을 들고 있는 사람은 펩이었다.

웃고 있었다. 홈스테이의 큰 아들이 내게 보여준 미소보다 더 밝은 미소. 나는 라이터불에 비친 펩의 하얀 치아가 참 가지런하구나, 하는 생각을 하며 펩이 켠 라이터불에 담배를 가까이 대어 담배에 불을 붙였다. 담배에 불이 붙고, 라이터 불이 꺼지고 나서야 펩의 모습이 제대로 보였다. 장총을 메고 군복을 입은 모습. 못보던 이틀 사이 군인이라도 된 것일까. 아니면 원래 펩의 직업은 군인이었던 것일까. 나는 펩에게 왜 이런 복장을 하고, 총을 들고 있냐고, 그리고 지금 시간이 너무 늦은 것은 아니냐고 묻고 싶었지만, 나는 라오어를 할 줄 몰랐다. 펩 역시 한국어를 못하기는 마찬가지였으므로, 둘은 서로 그냥 웃고만 있는 이상한 상황이 되어버렸다. 난 뭐라도 펩에게 말을 하고 싶었다. 한국에서 라오어를 배워오긴 했어도 인사말 뿐이어서, 지금 인사말을 하기에는 더 이상해서 '힘내' 혹은 '화이팅'이라는 뜻을 가진 라오어 '쑤쑤'를 펩에게 말했다.

"쑤쑤!"

내가 말하자 펩도 반응했다.

"쑤쑤!"

지나가는 사람이 보았다면, 가로등 아래에서 남자 둘이 '힘내!', '힘내!'를 서로 외쳐주는 이상한 상황으로 보였을 것이다. 다행히 그리고 아마도 지나가는 사람은 보이지 않았다. 펩은 내게 다시 한 번 '쑤쑤'하고 외치며 다시 총을 고쳐 메고 가로등불 어두운 곳으로 걸어갔다. 나는 왼손을 들어 펩에게 흔들며 '쑤쑤'하고 외쳐주었다. 펩이 내 모습을 보았는지 어두운 가로등불 밑이었음에도 펩의 치아가 하얗게 보였다. 펩은 웃고 있었다. 나는 내일 다시 도서관을 지으러 가게 되면, 펩이 밤에 하는 일이 무엇인지 코디님께 물어야지 하며, 남은 담배를 마저 피고 홈스테이집으로 돌아갔다.

도서관은 거의 그대로였다. 내가 금요일 오후에 다쳤으니, 그 사이 주말동안은 누군가 여기를 방문하지 않았을 것이었다. 오른쪽 손목을 한 번 휘휘 돌려보니 생각보다 멀쩡했다. 마치 내가 다친 것이 꾀병이라 오해할 만한 상황처럼 보이기도 했다. 아닌데, 난 분명히 아팠는데, 그리고 분명 펩은 울고 있었는데. 그러고 보니 펩이 보이지 않았다. 지나가던 코디님에게 펩이 보이지 않는데, 어디 간 것이지 물으니 '오늘은 다른 일을 하러 갔다. 아마 내일이 되면 다시 올 것이다'라는 말을 전해주었다. 이왕 만난 김에, 지난 밤에 펩이 밤에 총을 들고 군복을 입은 채로 동네를 도는 것을 보았다고, 무슨 일을 하는거냐 묻자 코디님은 대답했다. 이 마을에는 제대로 된 경찰서가 없어서 마을에서 젊은 사람들이 밤에 순번을 정해 마을 치안을 관리한다고 했다. 치안 수준이 긴 해도 위험하거나 험악한 일도 자주 일어나 일종의 민병대가 구성되어 있다고 했다. 펩은 충분히 젊고 지나칠 만큼 건강했으니 당연히 민병대에 소속되어 있었고, 아마 민병대 순찰을 도는 모습을 내가 보지 않았을까 하는 생각을 한다며, 코디님은 내게 너무 늦은 시간에 마을을 돌아다니지는 말라고도 전했다. 아, 민병대. 그래서 군인의 모습이었구나. 펩은 낮에도 일을 할텐데 평소에도 일을 마치고 또 밤에 순찰을 도는건가. 도대체 체력이 얼마나 좋을까, 싶은 생각도 들었다. 젊어서 그런가, 싶기도 했는데 나랑 나이 차이가 몇 살 나지도 않을텐데 '젊어서 그런가' 하는 생각은 좀 건방진 듯해 스스로가 쑥스러워졌다.

다시 도서관의 벽돌을 올리기 시작했다. 다행히 손목은 잘 견뎌 주었다.

-

화요일에 펩은 늘 그랬던 것처럼 내가 도서관에 가기 전에도 도착해서 일을 준비하고 있었다. 아침 햇살에 비친 펩의 얼굴은 '붉다'라는 뜻의 이름에 맞게 더욱 붉어보였다. 그리고 얼굴 아래 하얀 치아가, 일요일 밤에 보았던 것보다 더욱 밝게 빛나고 있었다. 웃고 있었다. 분명 나를 보며 웃고 있었다. 손목이 다쳤을 때 울고 있었던 것과 마찬가지로, 또 펩에게 궁금해졌다. 왜 웃고 있지? 내가 웃기게 생긴 것은 아닐 것이었다. 적어도 내 얼굴이 웃기게 생긴 얼굴은 아닌 것을 나는 알고 있었다. 반가웠을까? 내가 반가워서 웃고 있었을까? 내가 생각할 수 있는 것은 반가움 밖에 없었다. 근데, 내가 왜 반갑지? 우리가 만난지 몇 일이나 되었다고, 같이 일만한 사이인데 저렇게 환하게 웃을 만큼 반가울 수 있나? 이런저런 생각을 하며 걷다 보니 펩 앞에 서 있었다. 나도 모르게 펩을 보며 나도 웃었다. 그리고 오른손을 들어 한 바퀴 돌렸다. '나 손목 다 나았어.'라는 말이 하고 싶었다. 물론 라오어로는 할 수 없었다. 그저 손목을 돌리고, 한 마디를 덧붙이는 것만 할 수 있었다.

　"쑤쑤!"

　"쑤쑤!"

－

　도서관은 하루가 다르게 벽이 올라갔다. 목요일 오후에 일을 마칠 즈음이 되자 금요일 하루만 더 벽돌을 쌓으면 천장을 올릴 만큼 도서관의 네 벽을 모두 쌓을 수 있을 것 같았다. 토요일 오전에 이 마을을 떠나 토요일 오후 비행기로 한국에 돌아갈 예정이었던 만큼 금요일 하루만 더 벽돌을 쌓으면 된다는 생각이 들자 힘이 더 났다. 펩은 펩대로 그리고 돈을 받는 만큼 열심히 일하는 듯 보였다. 티셔츠가 땀으로 흥건했지만, 머리는 여전히 빳빳이 서 있었다. 젊음과 매력을 뽐내고 싶어하는 마음은 전세계 청춘의 공통인가 싶은 생각도 들었다.

　목요일 업무를 끝내고, 집으로 돌아가기 전에 코디님에게 통역을 부탁드렸다. 펩에게 내일 저녁, 그러니까 금요일 저녁에 펩이랑 같이 맥주 한 잔을 하고 싶다, 고 전해달라 했다. 실질적으로 마지막 날이기도 했고, 펩과 일만 했지 별다른 이야기는 하지 못한 것이 아쉬웠다. 코디님은 내 말을 통역하며, '그럼 저도 같이 한 잔 해요.'라 내게 말했다. 나는 통역을 부탁드려야겠다 생각만 했지, 막상 말을 하자니 미안하기도 했는데 먼저 말씀해 주셔서 고마웠다. 펩도 코디님의 말씀을 듣고, 알겠다고, 내일 같이 술을 한 잔 하자고 말해주어 나는 금요일 저녁이 기대되었다.

-

라오스에 오기 전, 자기소개서에 담을 에피소드만을 찾던 나였다. 시키는 것만 하자, 노력하지 말자, 작은 성과는 크게 부풀리자, 내 실수는 단 한 번도 없었던 것으로 하자 등등 안일한 생각으로 라오스에 왔지만 금요일 아침에 일어나서 아침을 먹고 학교로 향하는 발걸음이 가볍다는 느낌을 받고 나 스스로가 놀랐다. 학교에 도착해서 멀찍이 지어지고 있는 도서관을 보는데 처음에 내가 왔을 때와는 다른 모습에 묘한 뿌듯함이 느껴졌다. 공터 같았던 곳에 건물이 거의 완성되어 있었다. 문이 달릴 곳이 있었고, 창문이 들어갈 공간도 보였다. 그리고 건물 옆에는 이제 천장을 올릴 목재들이 쌓여 있는 것이 보였다.

자재들은 대부분 밤에 배송이 된다고 했다. 많은 양들의 자재가 한꺼번에 필요한 것이 아니었기도 했고, 자재를 일시에 구매할 예산도 없었을 뿐만 아니라 트럭 기사들이 이 학교로 화물을 배송하는 일을 부수적인 일로 생각하고 있기도 했기 때문이었다. 이곳에 자재를 나르는 트럭 운전 기사들이 낮에 비엔티엔 시내에서 물류 배송을 마친 뒤, 소속된 회사에 보고를 하지 않고 도서관 자재가 될 것들을 실어오는 것이라 했다.

나는 비록 저 목재가 네 벽 뿐인 도서관 위에 올라간 뒤 완성된 도서관은 보지 못하겠지만, 2주 간 그래도 도서관의 형태를 완성했다는 것에 큰 뿌듯함이 느껴졌다.

내가 뿌듯함을 느끼고 있는데, 도서관 정문이 될 문 안에서 누군가 걸어 나오는게 보였다. 펩이었다. 여느 때처럼 먼저 와서 작업 준비를 하고 있었고, 환한 미소였다. 지금 내가 보는 느낌과 감정을 그대로 담을 수 있는 사진기가 있다면 꼭 찍어서 남기고 싶을 만큼의 환한 미소였다. 나는 나도 모르게 오른 손을 활짝 펴 손을 흔들었다. 손목이 다 나았다고 흔든 것이 아니라, 반가움을 표현한 인사였다. 펩도 나를 보며 손을 흔들어 주었다.

금요일 오후 2시 정도에 네 벽을 다 세울 수 있었다. 마지막 벽돌을 올린 뒤, 다른 봉사단 회원들은 뒷정리를 잠시 도왔다가 국제시민교육을 하고 있는 교사로 돌아갔다. 봉사활동의 마지막 날인 만큼 아이들에게 소감을 묻고 그것을 그림과 글로 적는데 인력이 필요하다며, 지난 밤 회장인 태은이가 도서관 팀에게 작업이 마치는대로 와서 도와줄 것을 요청했기 때문이다. 교사로 유유히 걸어가는 다른 봉사단 회원들의 뒷모습을 보니, 마치 전쟁에서 승리한 군인

199

들에게서나 느낄 수 있는 승리감이랄까 긍지랄까 그런 것들이 느껴졌다. 나도 이제 교사로 잠시 갔다가 저녁에 펩과 맥주를 한 잔 할 수 있겠지, 생각했다.

나는 잠시 감성적이 되어 벽돌벽을 손으로 잠시 쓸고 있는데, 다른 현지 NGO 직원에게 통역을 맡겨 놓고 잠시 사무실에 다녀올 일이 있었던 코디님이 내게 다가왔다. 코디님이 내게 말했다. '이제 벽돌로 다 세웠으니 여기에 다시 시멘트로 한 번 더 덮고 지붕을 올리면 완성이 될텐데, 그전에 여기 벽돌에 뭐 적고 싶은거 있으면 적어요. 어차피 다 덮여서 상관 없어요. 추억도 되고 좋잖아요.' 나는 코디님의 말을 듣고 조끼 안에 가지고 있던 볼펜을 꺼내 벽돌 하나에 내 이름을 적어넣었다. 이루고 싶은 것도 하나 적어넣을까 싶어 뭘 적을까 고민하다가, '취뽀' 라고 적어야겠다 생각했다.

여기에 온 것도 취업을 하기 위해서였다. 취업에 도움이 되기 위해서였다. 잊고 있었다. 내가 무엇 때문에 그 사실을 잊게 되었는지 생각해보려고 했지만, 생각이 나지 않았다. 일이 힘들어서? 일을 마친 뒤 고단해서? 이제 여기까지 왔으니 더 이상 잔머리 굴릴 필요가 없다고 생각해서? 손목을 다쳐서? 도서관을 다 지었다는 것이 뿌듯해서? 아니었다. 아무리 생각해도 이런 이유들이 아니었다. 내가 취업 걱정을 거의 하지 않고, 도서관을 짓는데만 열중할 수 있었던 것은 분명 다른 이유가 있었다. 누군가로부터 받는 격려랄까, 응원이랄까 그런 눈에 보이지 않는 이유가 있을 것 같았다. 아직은 명확히 무엇 때문에 내가 그런 감정을 느끼는지 알 수 없었다.

내가 내 이름을 다 적고 난 뒤 그래도 이왕 생각이 난 김에, '취뽀'라고도 적으려고 다른 내 눈높이에 맞는 벽돌을 찾으려는데 펩이 벽돌 사이로 난 문으로 들어 오는게 보였다.

"쑤쑤!"
펩이 나를 보자 마자 말했다.
"쑤쑤."
거울처럼 나도 펩에게 쑤쑤.

서로 다시 한 번 씨익 웃고 '취뽀'를 적을 법한, 반반한 벽돌을 하나 찾아서 앞에 섰는데 펩이 나의 어깨를 툭툭 쳤다. 나는 고개를 돌려 펩을 보았다. 펩의 손에 담배 한 대와 콜라 하나가 들려 있었다. 여기서도 콜라는 팔았지만, 전기 상황이 좋지 않아서 냉장고 안에 넣어두지 않고 그냥 밖에 두었기에 콜라나 음료는 거의 언제나 미지근했다. 마찬가지 이유로 맥주에는 어디선가에서 사온 간 얼음을 넣어 먹었다. 내가 담배를 피는 것을 펩은 알고 있었고, 펩이 보기에는 내가 지금 일을 하고 있는 것처럼 보였나 보다 생각했다.

나는 '취뽀'를 벽에 적는 것을 멈추고 펩과 함께

도서관 건물 밖을 나왔다. 그리고 도서관 뒤편으로 함께 가서 펩이 주는 담배에 불을 붙였다. 펩도 내 옆에 서서 같이 담배에 불을 붙였다. 나는 순간 매운 담배 연기에 기침을 했다. 그 동안 나는 인천공항 면세점에서 사온 국산 담배만을 피고 있었기에 라오스 담배는 처음이었다. 내가 연신 콜록대며 있자, 펩은 나의 그 모습이 재밌는지 계속 웃었다. 콜록거림을 가시게 하기 위해 펩이 준 콜라의 뚜껑을 열고 한 모금 마시자 좀 나아졌다. 나는 펩에게 담배를 가리키며 담배 상자를 볼 수 있냐는 뜻으로 조그만 네모 모양을 담배를 든 손으로 그렸다. 펩은 알아 들었는지 내게 담배곽을 건넸다. 내가 평소 피던 담배보다 니코틴과 타르 함량이 높았다. 거의 3배 수준이었다. 그래서 그랬구나, 하고 다시 담배곽을 펩에게 건넸다. 하지만 펩은 담배를 받지 않았다. 내게 담배를 가지라는 듯한 제스쳐를 취하기에, 나도 손을 흔들며 그냥 보기만 하는 것이라는 제스처로 답했다. 그래도 펩은 내 손에 들려 있던 담배곽을 잠시 받더니 내가 입고 있던 봉사단 조끼의 주머니 안에 넣었다. 뭐, 준다는데 받아야지. 다시 필지 안 필지는 모르는 일이었지만 어쨌든 선물 비슷한 것이라 생각하고 나는 담배를 마저 피기 전에 펩에게 말했다.

'쓰쓰!'

펩도 나에게 답했다.

'쓰쓰!'

평소에도 펩과 이런 저런 물건들을 함께 쓰고, 또 펩이 나에게 점심 시간에 잠시 근처의 개천에 나가 물고기도 잡아주기도 했지만 이 날은 뭔가 좀 이상했다. 자기가 가진 것들을 내게 다 주려는 듯한 인상이었기 때문이다. 나는 무슨 일이 있는건지 물어보고 싶었지만, 라오어를 할 수 없는 나는 일단 코디님을 기다릴 수 밖에 없었다. 함께 담배를 다 피자 펩은 다시 환한 미소를 보이며 손을 흔들고 떠났다. 일은 마쳤고, 펩은 이제 또 다른 일을 하러 가는 듯 했다. 저녁에 나와 함께 맥주를 마시기로 한 약속은 잊지 않았겠지. 물어볼 수가 없으니 믿을 수 밖에 없었다. 나도 왼손에 펩이 준 콜라를 들고 오른손을 높이 들어 올려 펩에게 손을 흔들었다.

펩과 헤어지고 다시 도서관 안에 들어가서 마저 '취보'를 적을까 싶다가 바깥쪽에 적어도 관계 없겠다 싶어 그냥 밖에 적을 적당한 벽돌을 찾았다. 마침 바로 뒤를 돌자 반반한 벽돌이 보였다. 그리고 그 벽돌에 내가 읽을 수는 없지만, 뭔가가 라오어로 적혀 있었다.

뭐지? 누군가 이 마을 사람이 여기다가 내가 하는 것처럼 똑같이 무언가를 적어놓았구나 하는 생각이 들었고, 그래도 여기 적힌 이 말이 무슨 뜻인지 궁금해졌다. 그래서 라오어를 그리다시피 하며 내 왼손 손등 위에 볼펜으로 꾹꾹 눌러 옮겨 적었다. 나중에 코디님을 만나면 물어봐야지 하며. 그 글자 옆에 빈

공간에 한글로 '취뽀!!!' 라고 느낌표를 세 개나 적으며 내 희망과 꿈을 적었다.

-

나는 펩을 기다렸다. 하지만 펩은 오지 않았다. 기다리던 펩은 오지 않고 식당, 아니 슈퍼마켓에 동네 사람들과 한국인 봉사단 회원들만 잔뜩 모였다. 오해가 있었던 것 같았다. 나는 펩에게만 맥주를 한 잔 하자고 했는데, 펩은 그 말을 마을 사람들과 술을 한 잔 하자는 말로 알아들었고, 마을 사람들은 내가 그들을 불렀으니 그들의 집에서 홈스테이를 하던 회원들에게 같이 가자고 말을 해서 다 데려온 것이었다. 뭐, 어쩔 수 없었다. 안그래도 이곳에 와서 다같이 모여 술을 마시거나 할 기회가 없었기도 했고, 이 밤이 지나고 아침이 되면 다같이 떠나게 될테니 송별회를 겸한 회식 같은 것도 나쁘지 않다고 생각했다. 식당이 아니라 슈퍼인 것은, 이 동네에 식당이 없기도 했지만, 슈퍼에 테이블이 꽤 있고, 거기서 바로 술을 마시거나 과자를 먹을 수도 있었기 때문이기도 했다. 맥주를 사서 마시면, 영업을 잘하는 슈퍼 주인은 잔과 잘게 간 얼음은 서비스로 주었다.

비어 라오의 맛은 끝내주었다. 기분도 끝내주었다. 봉사활동 마지막 날이라는 것과 도서관이 거의 완성되었다는 것, 그리고 어쨌든 2주 간 크게 다치

204

지 않고 스트레스 받지 않을 수 있었다는 점 모두가 내 기분을 좋게 만들어 주기 충분했다.

한참 비어 라오를 마시며 오랜만에 즐겁게 이야 기를 하고 있는데, 뭔가 분위기가 이상하게 돌아가 는 듯한 인상을 받았다. 여전히 펩은 오지 않은 채였 다. 나는 펩이 왔나, 하고 슈퍼의 입구를 보았는데 마을에서 제일 어르신 한 분이 들어오는 것이 보였다. 그리고 잠시 이야기를 나누더니 마을 사람들이 갑자 기 어딘가 분주하게 가는 분위기였다. 슈퍼 입구에 서 떨어진 거리에 앉아 있던 나는, 가까이 있던 코디 님에게 무슨 일이 생긴건지 물었다. 코디님도 지금 다들 너무 작게 이야기하고 있어 잘 들리지는 않지 만, 누군가 죽었다는 이야기를 마을 사람들이 하고 있다고 했다. 누가 죽은건지 물어볼테니 잠시 기다 리라 말하며, 자리를 뜨는 코디님의 뒷모습을 보는 데 내 귀에도 한 명의 이름이 들렸다.

'펩'

펩이었다. 지금 마을 사람들이 말하는 이름은 펩 이었다. 펩이 죽었다고? 설마. 아까 오후까지 나랑 같이 있었고, 저녁에 맥주 한 잔 하며 만나기로 한 사 람이 갑자기 죽는다는 게 말이 되지 않았다. 나는 다 시 코디님에게 다가가 펩에게 무슨 일이 생긴건지 물 었다. 아무 일도 아니라고, 펩은 이 마을에서 무슨 일

205

이든 하는 사람이니까 펩이 지금 사고를 수습하고 있으니 이름이 지금 거론되는 거라고 이야기 해주기를 바랐다. 하지만 나는 내 기대는 기대일 뿐이었다는 것을 코디님의 첫 마디에 알게 되었다. 펩이 죽었어요. 왜, 왜 죽었냐고, 어떻게 하다가 죽었냐고 물었어야 했는데 나는 그저 멍하니 서 있기만 했다. 맥주가 순식간에 깼다. 뭐지? 펩이 왜 죽지? 아까 오후에도 봤는데, 갑자기 사람이 죽을 수 있는건가? 다시 한 번 펩이 이름이 들릴 때 했던 생각을 했지만, 내가 내릴 수 있는 답은 없었다. 내가 멍한 표정으로 있자 코디님이 내게 마을 사람들이 하는 이야기를 전했다.

'교통사고를 당했다. 도서관 천장 기둥 위에 올라갈 슬레이트들을 배송하는 트럭에 치여 죽었다.

시간이 지나 알게 되었지만 원래는 늦은 밤에 트럭들이 마을에 들러 도서관 자재들을 내려놓고 가는데, 슬레이트를 배송하는 트럭 기사가 그날은 일찍 출발을 했다고 했다. 일찍이라도 해도 저녁 7시에 수도 비엔티엔의 공장에서 출발을 했고, 출발 전 저녁을 먹으며 술을 많이 마셨다고 했다. 그리고 당일에 사고를 내고도 자신이 무슨 짓을 저질렀는지 모른 채 펩을 깔고 지나간 트럭 안에서 골아 떨어져 있었다고 하는 이야기를 들었다. 물론 이 이야기들은 내가 라오스에 있을 때 들은 이야기는 아니었다. 다시, 코디님과 메일로 밖에 소통할 수 없게 된 한국에서 들은 이야기였다.

펩은 그 시간에 왜 길에 있었던 것일까. 펩은 도서관 작업을 마치고 난 뒤, 민병대의 긴급 호출이 있어 들렀고 마을에서 조금 벗어난 곳에 있던 창고 하나에 작은 불이나 그것을 끄고 돌아오는 길이었다고 했다. 불은 그리 크지 않았다고 했다. 그 정도의 불로 민병대 대원을 모두 소집한 대장이 머쓱할 정도였다고도 했다. 펩이 다시 마을로 돌아오는 길, 저녁 8시가 채 지나지 않은 시간이었지만 가로등은 존재감을 전혀 드러내지 못했다. 펩은 마을에 진입하는 사거리에서 치여 죽었는데, 그곳에는 신호등도 없었다고 했다.

-

펩이 없는 아침이 밝았다. 나를 포함한 우리 봉사단 회원은 마을을 떠날 채비를 해야 했다. 직접적으로 펩과 함께 작업을 하지 않았던 다른 회원들도 펩의 죽음에 큰 충격을 받은 듯 보였다. 왜냐하면 펩은 한국에서 온 우리들을 만날 때마다 환한 미소를 보여주었고, 도서관을 짓는 중에도 자신이 더 무거운 것을 들려고 했고 더 힘든 일을 하려고 했다. 국제시민교육을 담당하던 팀의 회원을 만나도, 그들이 조금이라도 무거운 것을 들고 있으면 그것을 펩 자신이 들어주겠다는 뜻을 전하며 들어주었다고도 했다. 그리고 항상 미소를 잃지 않았다고 했다.

펩은 우리 모두에게 웃음을 꽃피우게 하는 존재였다.

나는 펩에게 하고 싶은 말이 있었는데, 그 말을 제대로 못했던 것이 너무 아쉬웠다. 그동안 열심히 일해줘서 고맙다, 라는 말을 하고 싶었는데 끝끝내 못했다. 일당을 받으며 일을 한다고 해도 누구보다 먼저 와서 작업을 준비하고, 가장 늦게까지 일을 하는 모습에 '일'이라는 것이 누군가의 삶에 있어 어떤 의미일까 생각하게 되기도 했다. 나는 과연 펩처럼 저렇게 열심히 무언가를 할 수 있을까, 그것도 미소를 잃지 않으면서 할 수 있을까 생각해 보게 되었다. 그런 펩에게 고맙다는 말 한 마디 전하지 못한게 너무 아쉬웠고, 슬펐다.

내가 슬픔에 빠져 있으리라 생각했던지, 내가 짐을 다 챙겨 홈스테이 집의 2층에서 1층으로 짐을 들고 내려오는데 코디님이 나를 기다리고 있었다. '괜찮아요?'라고 코디님이 내게 물었다. 나는 뭐라 대답해야 할지 몰랐다. 괜찮다고 말하면 뭐가 괜찮은 것일까? 괜찮지 않다고 말하면 내가 뭐라고 펩의 죽음에 대해서 괜찮지 않다고 말할 수 있을까? 그 어떤 대답도 찾지 못한 채 그저 묵묵히 왼손으로 내 옷가지가 들어 있었지만 지금은 거의 텅빈 캐리어를 들고 내려왔다. '거의 텅빈'이라고 말할 수 있는 것은, 내가 가진 옷들 중에 티셔츠는 홈스테이 가정의 아이들에게 주려고 2층에 놔두고 왔기 때문이었다. 깨

곳이 빨아서, 잘 개어서 두었다. 옷을 두기 전에 먼저 홈스테이를 제공한 집의 부모님께 여쭤보는 것도 잊지 않았다. 그들의 의사도 묻지 않고, 그냥 옷을 두고 오면 동정으로 보일 수도 있다는 것을 알고 있었다. 홈스테이 가정의 부모님은 감사히 받겠다, 고 말씀하시며 가끔 한국인들이 봉사를 오면 옷을 잊은 듯 두고 가는 것들이 꽤 있어 의아했는데 아마 내가 하고 싶던 행동과 같은 일일 수 있겠다는 사실을 지금에서야 알게 되었다고도 말씀하셨다. 솔직히 라오스에 오면서 '도서관을 짓는 험한 일을 할테니 좋은 옷은 들고 가지 않아야지. 입다가 더러워지면 그냥 버려야지.' 생각했는데, 그런 나 자신이 너무 부끄러워지기도 했다. 이런 맥락으로 내 캐리어는 겨울인 한국에 들어가서 입을 패딩 하나, 긴 팔 티 하나 긴 바지 하나가 들어있는 옷의 전부였다.

내가 캐리어를 들고 내려오는 것을 가만히 보던 코디님이 내 왼손 손등에 적힌 것은 뭔지 물었다. 아, 내 손등. 금요일 오후에 내가 도서관 벽에 적힌 라오어를 옮겨 적었었지. 세수를 했는데도 지워지지 않았구나.. 하며 혹시 이게 무슨 뜻인지 바로 코디님에게 물었다.

짧은 문장이었고, 뜻은 '고마워, 한국'이었다.

캐리어를 끌며 다시 도서관이 있고, 국제시민교

육을 했던 교사가 있고, 넓은 운동장이 있고 그리고
펩이 있었던 초등학교로 돌아가며 곽코디님이 내게
해줬던 이야기는 잊을래야 잊을 수가 없었다. 펩도
우리가 봉사활동을 했던 초등학교를 졸업했다고 했
다. 자신은 초등학교만 졸업하고 일을 해야 했지만,
자신들의 후배들은 이곳에서 초등학교를 마치고 중
학교, 고등학교 나아가 대학교까지 다닐 수 있게 되
길 펩은 진심으로 바랐다고 했다. 하지만 하나의 교
사(校舍)만 있던 이곳에 한국인들이 찾아와 다른 건
물도 지어주고, 도서관도 지어준다는 사실에 큰 감
사의 감정을 느끼고 있다고 했다.

그리고 나는 펩이 돈을 받아가며 일을 하고 있는
줄 알았지만, 펩은 돈을 받지 않고 일을 하고 있었다.
단 한 푼의 돈도 받고 있지 않았다. 펩은 우리와 마찬
가지로 봉사를 하고 있었다. 자신의 후배들을 위해
봉사를 하고 있던 셈이었다. 당장 돈을 벌어 자신의
집에 도움이 되고 싶지 않았을리 없었지만, 자신이
도울 수 있는 일이 있으니 도왔다고 했다.

낮 대부분의 시간을 도서관 짓는데 써버릴 수 밖
에 없으니, 펩은 새벽과 밤에 일을 했는데 밤에 민병
대로 지원해서 군인처럼 때론 경찰처럼 순찰을 돌
면 국가에서 얼마 간의 지원을 받을 수 있었기에, 펩
은 그 일을 자원해서 했던 것이었다. 나와 몇 살 차
이 나지도 않은 펩, 자신의 가족도 지키고 돈도 벌
면서 낮에는 또 자신의 후배들을 위한 봉사를 하고

있었던 것이다.

타인을 돕는다는 것은 결국 자신을 돕는다는 것이구나. 내가 지금 여기 해외봉사를 온 목적은 결코 타인을 돕기 위해 온 것이 아니었다. 취업을 하기 위해, 취업을 하기 위한 스펙을 쌓기 위해 그리고 그를 통해 경제적인 이익을 얻기 위해서였다. 내가 뭘 진정으로 원하는지도 모르니 타인을 도울 수가 없었고, 나는 그저 그때그때 필요에 맞는 행동만을 했었다. 그게 옳은 일인지 그른 일인지 조차 생각하지 않았다. 필요에 의해 생각했다. 그 필요도 심지어 내가 필요하다고 생각하는 것이 아니라, 부모님이, 학교가, 기업이 필요하다고 생각하는 것들이었다. 나는 그것들을 필요로 하는 것이 내가 필요로 하는 것이라 스스로를 속이며 살았다.

봉사를 와서, 타인을 돕는 일에 진심을 다하는 모습을 보며 나는 기껏 펩의 행동을 '돈을 버는 행위'라고 밖에 생각하지 않았다. 그리고 비슷한 생각을 라오스 현지까지 와서 일을 하는 한국인 NGO 직원들을 만나기 전에 가지기도 했었다. 한국에서 취업이 되지 않으면 저렇게 해외에 나가 고생을 하겠구나, 하는 썩어빠진 생각도 했다. 직접 현장에 와서 보니, 아니었다. 틀린 생각이었다. 도움이 필요한 사람들에게 헌신하며 삶을 사는 사람이 가질 수 있는 품위 같은 것이 현지NGO 직원들에게 있었다. 나는 내 생각에만 빠져 건방진 생각에만 빠져 있었다.

각자의 사명은 달랐다. 나의 사명은 무엇이었을
까. 내가 지키고자 하는 것은 무엇이고, 어떤 것을 지
향하고 있었을까.

　　펩의 죽음 그리고 그 이후의 이야기를 듣고 나는,
뭔가 크게 바뀐 것 같았다. 희생이란 무엇인지, 봉사
라는 것이 무엇인지와 비슷한 여러 가지들. 그 어떤
것들도 제대로 대답할 수는 없었지만, 깊게 박힌 가
시처럼 조금만 이러한 것들을 생각하려 하면 정신이
번쩍번쩍 들었다.

　　갑자기 가방이 무겁게 느껴졌다. 캐리어 안에 무
엇인가, 나도 모르는 무엇인가가 들어간 것이 분명
한데, 나는 그것이 무엇인지 잘 알지 못했다.

-

　　비행기의 바퀴가 비엔티엔 공항 활주로에서 떨어
지는 것이 느껴졌다. 살짝 뒤로 밀리는 듯한 느낌이
들었다가 조금 거북해지는 느낌도 들었다. 나는 눈
물이 났다. 그리고 무라카미 하루키에게 한 마디 해
주고 싶었다.

　　'하루키 씨, 아직도 당신 책은 읽지 않았지만 라오
스는 뭔가 있어요, 확실히."

틈

모든 창문은 닫혀 있었다. 살짝 열린 화장실의 문 틈 사이로 들어온 바람이 수건걸이에 걸린 수건을 흔드는 것을 보며 '도대체 저 바람은 어디서 들어오는 거야'라고 생각하는 찰나, 아랫배에 신호가 왔다.

성공인가.

성공이다. 요 며칠 잠을 푹 자지 못한 탓에 신체 리듬이 완전히 무너져 버려 먹을 것을 제대로 먹지 못하고, 쌀 것을 제대로 싸지 못하는 날 중 오랜만의 성공이었다. 때가 되면 배가 고프긴 했고 꾸역꾸역 입 안으로 밀어 넣은 것들이 이렇게라도 나의 몸 밖으로 나가게 되었다는 사실이 반갑기까지 했다. 한층 꺼진 아랫배를 통통거리며, 지금의 이 고통이 언제 끝날까 생각하며 휴지를 감았다.

-

지금 몇 시야?

몇 시인지 궁금해서 물은 것은 아니었다. 대상이 있는 것도 아니었다. 혼잣말. 요즘 따라 부쩍 늘어버린 혼잣말 중에 단연코 1등을 차지할 말은, '아, 또 지랄이네.'였고 2등을 차지한 말이 '지금 몇 시야'였다. '지금 몇 신데 아직 안 자고 저런 소리를 내는 거야?'라는 문장 중에서 뒷부분이 생략된 질문이었다. 내 얼굴의 오른쪽에 곱게 엎드려 누워 있던 스마트폰을 깨워 시간을 확인했다. 늦은 밤 2시. 새벽이라고 하긴 애매한 2시.

쿵쿵. 쾅. 끼익. 퍽. 콩콩.

소음. 흔히들 말하는 층간 소음 그리고 벽간 소음. 그 둘 중 하나. 창밖에서 들리는 도로의 소음은 참을 수 있었다. 내가 사는 오피스텔이 도롯가에 위치한 것은 들어오기 전부터 이미 알고 있었던 사실이었다. 오래된 저층 빌라들이 즐비한 동네 한 가운데에 재건축 허가가 나기만을 기다리던 주민들 몇몇이 기다리다 못해 건설사 하나를 끼고 대뜸 세워버린 오피스텔. 큰 도로를 맞대고 있어 재개발되었다면 대규모 아파트 단지가 될 수도 있었겠지만, 내가 사는 이 오피스텔 탓에 이제 여기는 더욱더 재개발과 멀어진 듯 보였다. 도로의 소음 정도는 예상했던 것이었기에, 오히려 반갑기도 했다. 내가 사는 곳은 교통이 편리한 곳일 것이다, 접근성이 좋은 곳일 것이라는 정도의 예상만 가지고 급하게 방을 구해서 들어오긴 했는데 막상 또 가장 가까운 버스정류장은 걸어서 10분이 걸렸으니, 도로가 가깝다고 다 좋은 것은 아니라는 것을 매일, 정말 매일 느끼고 있었다.

그리고 또 느끼는 매일의 감정.

요즘 젊은 사람들이 쓰는 말로 빡침. 누군가가 모르는 사람이 내 머리를 빡, 하고 쳤을 때 느끼는 그 감정. 이 빡침을 느낀 지 벌써 3개월이 흐르고 있었다. 예상하지 못한 소음과 그에 연계된 빡침은 하루하루 나를 피폐하게 만들었다.

원인은 옆집 남자.

죽일까, 생각해본 적도 있었다. 내가 저놈 죽이고 감옥에 가도 억울하다거나 잘못을 뉘우친다거나 평생 반성하며 살겠다는 말은 하지 않을 자신이 있었다. 신문이나 TV 뉴스에 보면 심심찮게 층간 소음과 관련한 살인 사건들이 나오고 있었다. 솔직한 심정으로 가해자 모두가 이해되었다. 우발적이겠지만, 계획적인 살인. 계획적이지만 사건이 일어난 그날이 꼭 사건이 일어날 날은 아니었던 살인. 어제가 되었을 수도, 오늘이 되었을 수도 있었을 살인 사건들을 보며, 나는 시 한 구절을 떠올렸다.

이성복 시인의 한 구절.
... 사람이 사람을 사랑하면 죽일 수도 있을 거라고 생각했다 ...

사람이 사람을 사랑하는데 죽일 수 있을 정도면, 사랑하지 않는 사람을 죽이고 싶은 것은, 인간 본연의 감정이 아니겠는가 하며 나만의 정당성을 만들기도 했지만, 나는 결코 실행할 용기가 없었다.

내가 가진 용기란 고작 관리사무소에 전화해서 내가 겪는 소음에 대한 푸념 혹은 넋두리를 한참 시를 읊듯 읊다가 잠시만 올라와 보시라며, 내가 지금 듣고 있는 것이 정말 나만 듣고 있는 것인지 확인이라도 해달라며 읍소하는 것뿐이었다.

들리네요. 들리는데.

어쩔 수가 없다는 말을 듣고 싶었던 것이 아니었다. 내가 기대했던 건 옆집 남자에게 '퇴거' 혹은 '경찰 신고' 정도의 무게감을 가진 말들을 전해주기를 기대하고 있었는데 매번 관리사무소의 방문은 어쩔 수 없다는 말로 끝이 났다. 미안해하는 표정을 지으며 돌아서는 관리사무소 직원분들에게 더 이상 할 이야기가 없다는 것도 알고 있었다. 그들이 어쩌겠는가.

처음부터는 이러지 않았으니, 그분들이라고 딱히 뾰족한 수가 있을 리가 없었다. 그리고 이 오피스텔을 짓고 분양한 건설사의 욕망 또한 내가 어떻게 할

220

수 있는 부분이 없었다. 오래된 동네, 큰 도로 옆, 접근성도 낮고 주변에 편의시설이라고는 지금도 그리고 아직도 저런 곳이 있다는 사실이 놀라울 정도인 카드도 되지 않는 구멍가게가 전부인 곳에서, '고작' 벽간 소음 때문에 입주자를 내쫓는다는 건 건설사 입장에서는 손해가 될 뿐이었다.

경찰을 부른 적도 있었다. 경찰은 내게 말했다.

참으세요.

이런 일들 자주 일어나는데, 저희라고 별다른 방법이 있는 건 아니에요. 그냥 참으라는 말을 하고 돌아가는 경찰의 뒷모습을 보며 할 말이 없었다. 그리고 떠나기 전 경찰이 한 마디를 더 보탰는데, 만약에 밤 12시 넘어서 옆집에 여성분이 있으셨다고 한다면, 내가 벨을 누르고 문을 두드린 것이 주거침입죄에 해당할 수 있으니 조심하라는 말을 남겼다. 아니, 내가 신고했다니까요. 따지고 싶고 따져야 했지만 나는 경찰관의 입에서 나오는 말 같지도 않은 소리를 가만히 듣기만 했다. 대응할 가치를 느끼지 못했다. 그리고 내가 뭐라고 공권력에 도전하겠는가.

인강을 듣는구나.
록 음악을 듣는구나.

샤워를 하는구나.

마치 옆집 남자와 한집에서 사는 듯한 느낌이었다. 일거수일투족을 알게 되다 보니 내적 친밀감도 생겼다. 혹시 슬픈 일이 있어서 울고 있진 않을까. 옆집 남자가 슬픈 일을 겪는다는 건 내가 기뻐해야 하는 일일까 같이 슬퍼해야 하는 일일까. 서울의 한구석인 이곳까지 흘러와서, 신축 오피스텔이라는 허울에 속아서, 오피스텔인 줄 알았는데 고시원보다 못한 벽을 두고 사는 우리 사이에 감정은 어떤 역할을 할 수 있을까 생각했다.

옆집 남자가 슬프면 솔직히 기쁘겠지. 타인의 슬픔을 기뻐할 수 있는 내 생각이 무서웠다. 만약 옆집 남자가 죽기라도 한다면, 나는 아주 큰 기쁨을 느낄지도 모르겠다는 생각이 들었고 그 생각이 들자마자 소름이 돋기도 했다. 나의 행복과 평안을 위해 타인의 목숨이 끊기는 것을 기대하고 기다리고 있는 듯한 내가, 내 속에 있었다니. 이런 감정들을 털어버리고 싶었지만 매일 아침부터 밤까지 이어지는 소음 속에서 나는 내 마음속의 악마가 자라나는 것을 느끼고 있었다.

여지없이 쿵쿵대는 소리가 들렸다. 살아 있다. 살아 있구나.

아쉽게도, 살아 있구나.

나는 이 집을 나가야 했다. 계약 기간이 남아 있는 상태에서 다른 곳으로 이사를 할 수는 없는 노릇이었고, 집에서는 잠만 잔다는 나 나름의 방침을 세워야 했다. 아침 일찍 나가 밤늦게 들어와서 피곤함에 절어 잠자리에 들면 벽간 소음이 나도 크게 신경 쓰이지 않겠지.

나는 취업을 해야 했다. 이왕이면 일찍 출근하고 야근을 여름날 아이스 아메리카노 먹듯 하는 곳 말이다. 그리고 일이 힘들어 집에 돌아오는 힘만 남아서 풀썩, 내 방의 침대 위에서 쓰러질 수 있는 직장을 찾아야 했다. 내게 취직의 동기를 주는 옆집 남자에게 고마움을 느껴야 할 판이었다. 작년에 대학을 졸업하고 1년 넘게 공기업에 들어갈 공부를 한다며 부모님의 등골을 빼먹는 지금의 시간을 하루라도 빨리 끝내고 싶었는데, 옆집 남자 덕에 취업 욕심이 더 크게 자랐다.

그렇다고 당장 취업이 되지는 않았다. 나의 자존감은 지구의 핵 가까이 다가가고 있었다. 이러다가 내 자존감은 나도 못 가본 지구 반대편의 남미까지 가겠구나 싶었다. 소음 속에 갇혀, 벽에 갇혀 있는 것이 싫어 일단 노트북을 챙겨 집 밖으로 나갔다. 카

페에 가려 했지만, 집 주변에 카페처럼 보이는 공간
은 없었다. 아니, 흔한 프랜차이즈 카페도 없는 동네
가 지금 이 시대에 말이 되나 하는 생각이 들었지만,
편의시설이 없고 교통이 불편한 탓에 저렴하게 책정
된 내 오피스텔의 월세를 생각하며 화를 다스렸다.
인간은 편의성에 쉽게 익숙해지기도 하지만, 불편한
것들이 이어진다고 하더라도 그것을 자신이 바꿀 수
없는 것이라 여기게 되면 그 또한 익숙해진다. 나에
게 있어서 동네의 불편함은 익숙함으로 다가왔지만,
소음은 단 한 순간도 익숙해지지 않았지만 말이다.

간신히 찾은 공간은, 서울시에서 청년들을 위해
만들어 놓은 공간이었다. 돈을 내지 않았고, 시간도
밤 9시까지 쓸 수 있는 공간이었다. 나는 앞으로 이
곳으로 출근하고 이력서를 쓰고 자기소개서를 쓴 뒤
퇴근을 하자, 생각했다.

이력서를 쓰면서도 한 편으로는 아르바이트를 계
속 찾았다. 결코 천국은 아닐 것으로 보이는데 천국
이라는 이름을 붙인 아르바이트 공고 사이트를 보다
가 단기만 일하는 것도 가능하고, 언제든 하고 싶을
때 하고 하기 싫을 때는 하지 않을 수 있는 아르바이
트가 보였다. 음식 배달 아르바이트였다. 나는 자전
거도 오토바이도 없으니 걸어서 할 수 있는 배달을
하면 되겠다, 생각했다. 그리고 보니 젊은 사람 중에

이상한 사각형 가방을 메고 걸어서 배달하는 사람을 본 적이 있었다. 마침 내가 앉은 창가 자리 밖 도로 너머로 보이는 인도 위에 내가 보았던 사각형 가방을 메고, 스마트폰을 뚫어져라 보며 걷는 배달원이 지나가는 게 보였다.

아, 내가 저걸 하는 거겠구나.

나는 우선 해보자고 생각이 들었다. 이럴 때는 실행력이 빠른 편이다. 아니지, 집에서도 실행력이 빠른 순간들도 있었다. 옆집 남자가 벽을 쳤을 때, 그 소리를 듣자마자 침대에서 벌떡 일어나 주먹으로 옆집 벽을 쳤다. '옆집 벽 빨리 치기 대회'가 있었으면 금메달은 내가 무조건 받을 수 있을 것이라는 생각도 들었다. 몇 번 벽을 치다가 내 손이 너무 아파 벽을 치지 못하게 될 때는, 뭔가 분한 생각이 들기도 했다. 지금도 손이 아프지 않은 상태에서 옆집 벽을 빠르게 치는 것 같은 정도의 실행력이 필요했다. 먼저 배달원을 위한 앱을 신규로 깔았다. 간단한 교육을 받으면 교육비를 준다기에 배달 수락 방식과 배달 방법, 주의해야 할 사항들을 즐거운 마음으로 들었다. 교육만 받아도 돈을 주는 것이었다니. 계속 교육만 받고 싶은 생각마저 들었다. 실명 인증을 하고 내가 번 돈을 입금 받을 통장 계좌번호까지 입력하니 정말 내가 배달원이 된 듯한 느낌이었다.

하지만 당장 배달을 할 수는 없었다. 배달할 음식을 담을 가방을 전용 구매사이트에서 사야만 한다기에 그것을 우선 주문해야 했다. 교육비로 받은 3만 원을 그대로 다시 배달 가방을 사는 데 써야 할 판이었다. '그래, 이건 일종의 투자야!'라고 생각하고, 교육비로 받을 예정 금액인 3만 원을 들여 네모난 가방을 주문했다. 이틀 뒤에 이렇게 만들기도 쉽지 않을 듯한 사각형 가방이, 이상한 배지들과 함께 집에 도착했다.

나는 그 가방을 메고, 집을 나섰다. 교육비를 받기 위해서는 배달을 일주일 이내에 한 건이라도 수행해야 했다. 가만 생각하니 배달 어플들은 양아치나 다름없었다. 굳이 따지자면 좋은 양아치라고 할 수 있겠지. 나에게 집 밖으로 나올 계기와 돈을 벌 수 있는 수단을 제공하니까. 그래도 양아치는 양아치다. 교육비 그냥 좀 주지.

배달은 처음에는 힘들지 않았다. 걷는 것이 힘들 정도의 나이가 아니었기도 했고, 집에서 먼 곳에 있는 식당에서 들어오는 배달 콜은 잡지 않았다. 그러다 보니 길에 서 있는 시간이 상당했다. 배달콜을 기다리는 시간이 배달하는 시간보다 길어졌다. 첫 한 달 동안 내가 사는 오피스텔 근처의 식당과 주택가를 중심으로만 배달했고, 한 달이 지난 뒤 내가 일한 시간과 내가 번 돈을 시급으로 계산해보니 최저시급은커녕 내가 사 먹은 밥값과 길바닥에서 들이켠 아이스 아메리카노 값도 벌지 못했다. 집에만 있었어도 밥과 커피는 사 먹었을 테니 마이너스는 아니라고 할 수 있었지만, 이렇게 되면 이건 일이 아니라 생존밖에 되지 않는다는 생각이 들었다. 그리고 무엇보다 다른 일을 못 했다. NCS 공부를 최소 하루 2시간 이상은 하겠다는 목표는 배달 첫날 간신히 달성했을 뿐이었다. 이러다가 난 아무것도 못 하겠구나 싶은 생각이 들었다. 조금 먼 거리라도 배달을 하고, 정해진 시간 동안만 배달하자고 생각을 바꾸고 빡빡하게 배달을 잡다 보니 간신히 최저시급은 맞출 수 있었다.

생각보다 몸은 쉽게 축났다. 체력에는 자신이 있었는데 점심시간이 되기 전부터 배달을 시작해 오후 3시 정도까지 일하고, 집에 돌아와서 쉬었다가 저녁시간이 되기 전에 다시 나가 야식 시간이 시작되기 직전까지 일하고 돌아오니 체력은 순식간에 바닥났다. 물을 아무리 마셔도 목이 말랐고, 소변은 마신 물에 비해 정말 적은 양이 나왔다. 그만큼 땀으로 많이 배출되는 것이었다. 아직 초여름이었는데 이렇게까지 더울 일인가 싶기도 했다.

몸은 축나고 있는데, 다행이라고 말할 수 있는 측면도 있었다. 저녁 배달을 마치고 집으로 돌아와서 샤워로 마지막 체력을 쓰고 나면, 옆집에서 꽹과리를 치고 드럼을 친다고 해도 잠이 들면 깨지 않을 상태가 되었기 때문이다. 하루가 다르게 몸이 피폐해지고 있지만 소음의 고통으로부터 해방된 느낌. 그리고 하나 더, 돈도 벌고 있었다. 살아 있는 느낌이든 것도 오랜만이라는 생각이 들었다. 옆집 소음으로 인해 빡침을 느낄 때도 살아 있다는 느낌이 들긴 했다. 아, 내가 살아 있으니까 이런 고통을 느끼는 거겠지... 배달을 마치고 돌아온 뒤에는 하루를 성실히 살아냈다는 느낌의 생명력을 느끼게 된 것은 반가운 감정이었다. 한 가지 안타까운 것은 취업을 위한 공부는 전혀 하지 못하고 있다는 사실이었지만, 생명력을 회복하는 것도 중요하다고 생각하며 NCS 책은 책상 위에 펼쳐 둔 채 나는 매일 밤 잠자리에 들었다.

1인분 삼겹살구이 정식 배달 콜이 뜬 건 배달을 한 지 2달이 조금 지났을 시점이었다. 이제 배달에도 익숙해져서 배달 콜을 보자마자 동선을 생각해보고 수락과 거절을 선택하기도 했고, 배달 음식의 종류에 따른 무게도 생각하며 배달을 잡을 짬이 되었다. 1인분 삼겹살구이 정식이면 음식들이 담긴 일회용 용기 그릇의 크기는 크지만 무겁지 않아서 굳이 가방에 넣지 않고 손으로 들어서도 배달할 수 있다고 생각하며 배달 동선을 짜고 있었다.

근데, 배달지의 주소가 어디서 많이 본 주소였다.

내게 소음의 고통을 주는 곳. 내가 외우고 있는 내 주소와 끝자리 한자리만 다른 주소.

옆집에서 음식을 시켰다. 배송 요청 사항으로 적은 내용은 '문 앞에 두고 벨 눌러 주세요. 고맙습니다.' 였다.

나는 '고맙습니다'라는 말에 한참 눈이 머물렀다. 아니, 얼굴도 모르는 배달원에게 고맙다는 말을 남기는 사람이라고? 배달 앱에서 미리 설정해 놓은 문구를 고를 수 있다는 것은 알고 있었지만, 거기엔 '고맙습니다'라는 문구는 없다. 이렇게 적으려면, 일부러 배송 요청 사항의 선택지 중 '직접 입력'을 누른 뒤, 빈칸에 저 문장을 적어 넣을 수밖에 없는데... 옆집 남자가 이렇게 친절한 사람이었다고? 그리고 1인 삼겹살구이 정식을 시켜 먹을 만큼 돈도 있는 사람이었다고?

이번이 처음 주문한 것이 아닐지도 몰랐다. 내가 배달 콜을 받지 않았을 뿐이지 이전에도 계속 배달 시켜 먹는, 그러니까 내 기준에서는 돈이 많은 사람일지도 몰랐다.

나는 언젠가 꼭 한 번은 가보고 싶었던 맛집 거

리의 고깃집에 들러 음식을 픽업한 뒤, 10분을 걸어 내가 사는 오피스텔로 들어왔다. 원래라면 공동현관 입구에서 벨을 눌러 내가 지금 공동현관 앞에 있으니 곧 음식이 배달될 것을 알리고, 내가 문 앞에 음식을 놓고 사진을 찍은 뒤 벨을 누르면 되었다. 하지만 나는 그러지 않았다. 아니, 그러지 못했다. 습관적으로 내가 설정한 공동현관 비밀번호를 누르고 이미 공동현관을 들어와 버린 탓이었다. 다시 공동현관을 나가서, 이 오피스텔에 처음 배달온 사람처럼 공동현관 초인종을 누를까 했지만, 귀찮았다.

에이씨, 몰라. 빨리 배달이나 하자. 빨리 다른 배달 콜 잡아서 돈이나 벌자.

엘리베이터를 타고 올라와 옆집 문 앞으로 갔다. 비닐에 쌓인 삼겹살구이 정식을 그 문 앞에 두고, 배달 앱에 탑재된 사진 기능으로 옆집의 호수와 음식이 둘 다 잘 보이게 사진을 찍었다. 그리고 전송을 누르고 벨을 눌렀다. 내가 소음으로 항의하기 위해 몇 번이나 눌렀던 옆집의 벨. 단 한 번도 문밖으로 나오지 않았던 옆집 남자. 분명 안에 사람이 있는 소리가 났고, 옆집 남자가 지금 어디에 앉아 있는지까지 알고 있을 정도였는데 내가 벨을 눌러도 무시했던 옆집 남자. 나는 마치 신장개업한 식당 앞에 서 있는 풍선이 부풀어 오르듯이 스멀스멀 차오르는 내 마음속의 악마를 느꼈다. 지금도 만약 큰 소음이 난다면, 나는

230

당장 배달 앱을 종료시키고 배달원이 아니라 동등하게 이 오피스텔 입주민의 권리를 가진 내가 되어 찐하게 쏘아붙여야겠다고 다짐했다. 이런 생각이 드는 것을 간신히 참으며 발을 돌려 다시 엘리베이터로 향하려고 했다. 옆집 남자가 나오기 전에 빨리 이곳을 벗어나고 싶었다. 옆집 남자를 실제로 마주한다면, 내가 내 화를 자제할 수 있을지 확신할 수 없었다. 옆집 남자의 얼굴을 보고 싶지 않았다. 만남의 계기 자체를 피하고 싶었다.

"저기요."

... 끼익.

저기요? 지금 나를 부른 소리인가. 순간 고개를 돌렸다. 옆집 남자, 멀쩡하게 생긴. 30대 정도로 보였는데, 내가 상상했던 것처럼 머리에 뿔이 나거나 손발의 위치가 바뀌어 있거나 눈이 3개가 달렸거나 하지 않은 멀쩡한 모습의 옆집 남자. 아닐 거야. 저 남자는 옆집에 놀러 온 사람일 거야. 저렇게 멀쩡하게 생긴 사람이 내가 듣는 그런 소음을 낼 리가 없잖아. 생활 소음이 아니라 일부러 내는 것이 분명한 소음들.

"네? 저요?"

"네. 잠시만요."

아냐. 이러지 마. 잠시라고 그러지 마. 수고한다고, 고맙다고, 시원한 음료수를 건네고 그러지 마. 나는 그냥 너를 미워하고 싶어. 너를 인간이 아니라고 생각하고 싶다고!

"이것 좀 내려가는 길에 버려주세요."
"...네?"
"다시 내려갈 거잖아요. 쓰레기장 오피스텔 입구 바로 옆에 있어요. 거기 좀 버려주세요."

씹... 쓰레기장 위치는 나도 알고 있다고! 그리고 내가 너를 거기다 처박고 싶다고!

"고객님, 저희는 그런 일은 하지 않습니다."

인간이 아니었어, 역시.

"지난번에 다른 배달 온 사람은 해줬어요. 아, 진짜 사회생활 못하네."
"네? 뭐라고요?"
"아, 됐어요. 나 지금 열받았으니까 지금 배달하신 식당 리뷰 어떻게 쓰는지 기대하세요. 그리고 당신 별점도 제일 낮은 별점 줄 거야."

아.. 내가 이사를 해야겠구나. 내가 사람이랑 벽을 맞대고 사는 것이 아니었구나. 한때는 내가 정말 수양하는 느낌으로 '옆집에는 개나 고양이가 산다'여기며 살아야겠다고 생각하기도 했다. 대상이 사람이 아닌데, 화를 내는 것이 무슨 의미가 있나 생각하며 살자 했었는데, 아니 이건 말이 통하고 안 통하고를 떠나서 인간 이하의 존재가 내 옆집에 살았구나 싶었다. 결국 내가 이사를 가야겠구나. 이런 결론을 내리고 한 마디를 입 밖으로 내었다.

"그러시든지요."

"뭐? 뭐라고?"

"그러시라고요. 식당 리뷰도 마음대로 하시고, 제 별점도 마음대로 하시고 뭐든 마음대로 하시라고요. 어차피 지금 집 안에서도 마음대로 하면서 살고 계시잖아요."

"야, 이 새끼가. 미쳤나? 그리고 내가 집 안에서 마음대로 산다고? 이게 돌았나? 지금 내가 어떻게 사는지 아는 것처럼 말하네?"

"이제부터 녹음합니다. 마음껏 말씀하세요. 그리고 하.. 내가 당신 옆집 살아. 당신 때문에 내가 얼마나 고통스러운지 알아? 그러니까 나는 알아. 당신이 집 안에서도 얼마나 마음대로 사는지 안다고!"

"이 새끼가 미쳤나? 이게 고객한테 대하는 태도

233

야? 그리고 뭐? 옆집에 산다고? 지랄하고 자빠졌네. 배달이나 하는 주제에. 네까짓 게 여기 산다고? 참, 별 미친 새끼 다 보겠네."

"...그래.. 마음껏 이야기 해. 나 오늘 결정했어. 씨발, 여기서 이사를 나가야겠구나."

"뭐? 씨발? 너 지금 뭐라고 했어?"

"잘 알아들었구먼, 뭘 또 물어. 짜증 나게."

"이 새끼가 미쳤나. 야, 이씨. 너 딱 여기 서 있어. 내가 지금 고객센터 전화해서 따질 거야."

"아, 그러시든지 말든지요. 아, 짜증 나네. 신고해. 신고하고 나도 너 신고하고, 그럼 재밌겠다 그치? 그리고 잠시만, 아 이제 나 배달 안 해. 금방 오프라인으로 바꿨어. 이제 나 배달하는 사람 아냐. 근데 배달하는 중에 네가 지랄해서, 너 산업 보건법인가 뭔가 그거로 신고할 거야."

"뭐? 산업 뭐? 그리고 지금 배달 왔으면 계속 배달부지 무슨 지금부터 아닌 게 어딨어? 기다려!"

"아, 신고하라고! 난 갈 거라고! 잘 봐. 내가 지금 어디로 들어가는지."

"기다리라고!"

"일단 나도 경찰한테도 신고할 거야. 나 좀 쉬고 있을 테니까 경찰 오면 봐."

"뭐, 이 미친 새끼가!"

"그래. 계속 해. 아유, 속이 다 시원하네. 미친 새끼."

나는 말을 많이 한 탓에 살짝 내려간 마스크를 다시 고쳐 썼다. 안 그래도 걸어 다니면서 배달하느라 마스크에 땀이 가득 차 있었는데, 지금은 열 받아 더 마스크 안이 더운 느낌이었다. 내가 바로 우리 집 방향으로 걸어가려고 하는데도 옆집 남자는 계속 나를 모욕하는 말을 이어 하고 있었다. 하든지 말든지. 우리 집 방향의 끝에 엘리베이터가 있었다.

... 끼익.

"저기요?"

"..."

"...저기. 금방 잠시 멍하게 계셨던 거 같은데.. 괜찮으세요?"

"...네?"

"잠시만 계실 수 있나요?"

"...네?"

"잠시만요, 진짜 잠시만요!"

옆집 남자가 입구 쪽에 붙은 부엌 그리고 그 부엌의 끝에 붙어 있는 냉장고에서 뭔가를 꺼내오는 것이 보였다. 우리 집과 방향만 다르지, 구조는 똑같은 구조인 듯 보였다. 옆집 남자가 내게 뭔가를 건넸다.

"고생하시는데, 이거 드세요."

"네?"

지금 나에게 시원한 생수 한 병을 건네고 있는 이 남자. 내가 사는 집의 옆집 남자. 내가 떠올렸던 건 뭐였지? 옆집 남자가 나한테 쓰레기를 버려 달라고 했고, 내가 마음껏 옆집 남자에게 욕을 했던 그 장면은, 뭐지? 내 상상이었나? 그만큼 내가 옆집에 대한 분노가 강했던 것일까. 아주 짧은 순간, 순간이라고 부르기도 애매한 정말 찰나였는데. 내 분노, 혐오가 만든 허상이었나.. 나에게 물을 건네는 이 남자가 내게 고통을 주는 옆집 남자라고? 아닐 거야. 지금 내가 마주하고 있는 지금이 내 상상일 거야. 그 순간 내 손에 들려 있는 생수의 차가움이 느껴졌다. 차가움이 느껴지는 게 상상일 수 있나.. 그럼 이게 현실이라고? 나는 웃으며 내게 생수를 건네는 얼굴을 보기 싫었다. 그리고 문틈 사이로 열린 옆집 남자의 방 안쪽도 보기 싫었다. 옆집 남자를 이해하게 될까 두려웠다.

내 방 쪽으로는 옷장이 보였다. 높아 보이는 심플한 디자인의 흰색 옷장. 저 옷장 문을 여닫을 때마다 내가 얼마나 고통을 느꼈던가. 지진이 일어났나 싶은 정도로 화들짝 놀라곤 했던 소리의 원인이 저것이었구나. 그리고 내 상상과는 다른 깔끔한 방. 화이트톤으로 맞춘 듯 방 안은 환하게 밝아 보였다. 쓰레기가 넘쳐나고, 남긴 배달 음식들이 엉겨 붙어 온갖 벌레들과 함께 살 것으로 예상했던 방은 얼핏 봐도 깔끔해 보였다. 남자의 얼굴도 그랬다. 둥그런 안경을 끼고 깔끔하게 면도한 모습에 최소 대학교는 나온 사람일 것 같은 인상이었다.

나는 이 얼굴을 외우기 싫었다. 오피스텔이 아닌 밖에서 만나서도 얼굴을 알지 못하니 마음껏 모욕을 할 수 있기를 바랐다. 뿔이 달리고, 눈과 코의 위치가, 손과 발의 위치가 마음대로 붙은 얼굴. 그래야 내가 옆집 남자를 미워하는 데 있어 정당성을 얻을 수 있을 것으로 생각했다.

"고.. 고맙습니다."

"더운데 고생 많으세요. 그럼 조심히 가세요."

"... 네. 고맙.. 습니다."

털컥.

문이 닫히며 옆집 남자는 내 앞에서 사라졌다. 문이 닫히는 소리가 집 밖에서 들으면 이렇게 작게 들리는구나. 아니지, 지금은 내가 앞에 있으니 문을 살짝 닫았을지도 몰랐다. 내가 우리 집에 있을 때 옆집 남자가 문을 닫으면 우리 집의 문도 흔들릴 정도였다. 옆집 남자가 언제 집을 나갔는지, 언제 다시 돌아왔는지를 알고 싶지 않았지만, 알 수밖에 없었는데 문 밖에서 들으니 저렇게 작은 소리로 닫히는 문이었다니.

옆집 남자가 낸 소음이 아니었나. 혹시 내가 오해하고 있었던 건가.

나는 옆집 남자가 준 생수병을 물끄러미 쳐다보며 엘리베이터를 내려왔다. 배달하려면 한참 더 할 수 있는 오후 6시 42분이었지만, 나는 계속 들어오는 배달 콜을 무시하고 상태 슬라이드를 오프라인으로 바꿨다. 더 이상 스마트폰에서는 배달 콜 알림이 울리지 않았지만, 마음 속은 수십 개, 수백 개의 배달 콜이 동시에 들어온 듯 떨리고 있었다. 배달을 더 이상 하지 않을 작정이면 집으로 올라 가서 편하게 쉴까 싶기도 했지만, 내가 배달한 1인분 삼겹살구이 정식을 처먹고, 아니 먹고 있을 옆집 남자가 바로 옆 공간에 있는 집에 들어가는 것이 뭔가 어색했다. 분명 또 소음을 낼 것이 분명한데, 그 소음을 내는 옆집 남자와 사람 좋은 얼굴로 내게 시원한 생수를 건네는 사람이 같은 사람이라는 것을 심적으로 받아들이는 데 오랜 시간까지는 아니라도, 잠시 진정할 시간이 필요했다.

뭘까. 인간, 뭘까.

이 질문이 내 머릿속을 돌아다녔다. 옆집 남자가 낸 소음이 아닌데, 내가 괜히 오해했던 것인가 하는 생각이 끊임없이 드는 내가 싫었다. 아니라고, 아니라고! 소리쳐서 외치고 싶었지만, 속으로만 삼켰다. 내가 들었던 소음은 옆집 남자가 낸 것이 분명했다고! 내가 벽을 치면 옆집 남자는 벽을 두 번 치는 것으로 자기의 불만을 드러내기도 했었다고! 근데, 그런 인간 말종 같은 사람이 내게 물을 준다고? 배달 수고한다며 생수를 줬다고?

내가 생수 한 병에 너무 큰 의미를 부여하고 있는 것일지도 몰랐다. 목이 너무 말라서, 생수를 준 그 단순한 행위에 '옆집 남자 = 좋은 사람'이라는 공식을 너무 쉽게 성립시켜 버렸다. 그래도 고마운 건 사실이었다. 2달 동안 배달을 하면서 단 한 번도 이런 경험이 없었다. 인터넷 상에서는 택배 기사나 플랫폼 노동자들을 위한 음료나 간식 박스를 만들어 놓은 집들이 소개되기도 했었지만, 그런 사례는 극히 일부이기에 뉴스에 나오거나 하는 것이지 실제로는 만나기 어려웠다.

그런데 옆집 남자가 나에게 생수를 주다니.

생각을 정리하려고 해도 쉽게 되지 않았다. 일단 집으로 돌아가고자 마음먹고 집 앞 오피스텔 앞에 쪼

그려 앉은 상태였던 나는, 다리를 펴 일어났다. 바빴던 하루였고, 적지 않은 배달을 했는데 다리가 가벼운 느낌이 들었다. 손에 들린 생수병을 물끄러미 바라보다가 뚜껑을 따서 마셨다. 그 사이 시원함이 사라졌는지 엄청 차가운 느낌보다는 적당히 시원한 느낌이 들었다. 달았다. 물이 이렇게 달콤한 것이었나.

우리 집으로 들어가기 전에 잠시 서서 옆집 문을 바라보았다. 옆집 남자가 사는 곳. 멀쩡하게 생기고 내게 물을 건넨 남자가 사는 집. 내게 소음이라는 고통을 밤낮없이 주었지만, 내게 생수를 주기도 한 남자가 사는 집. 지금쯤이면 1인분 삼겹살구이 정식도 다 먹었겠지. 옆집 남자가 밥을 다 먹었을 것이라는 생각을 하는 내가 웃겼다. 죽이고 싶은 적도 있었고, 인간이 아닌 존재로 여기며 살아오고 있었으면서도, 지금은 식사를 다 먹었을까라는 생각을 하고 있다니. 사람은 결국 자신에게 친절한 사람에게 친절한 동물일까 싶기도 했다.

집 안은 조용했다. 소음이 없는 방안이 어색했다. 옆집 남자라고 일부러 소음을 내는 것은 아닐지도 몰랐다. 자기도 소음을 내는지 모르고 있었는데, 내가 먼저 벽을 치니 자신도 화가 나서 벽을 친 것일 수도 있지 않을까. 나는 어쩌다 내가 이렇게 옆집 남자를 호의적으로 보게 된 것인가 생각하다가, 고작 생수 한 병에 이렇게 바뀔 수 있다는 사실에 다시 한번 놀라움을 느꼈다.

샤워하고 나와 나도 저녁을 먹어야겠다고 생각하며 냉장고 문을 연 순간이었다.

쿵. 쾅. 두르륵. 쿵.

옆집에서 다시 소음이 들리기 시작했다. 아무리 생각해도 옆집에서 나는 소음이었다. 나는 냉장고 문을 연 채 냉장고 안에서 흘러나오는 냉기를 느끼며 생각했다.

지금은 참자. 옆집 남자가 내게 준 생수의 고마움이 완전히 잊힐 만큼 동안은 참자. 이 세상에는 완전히 악한 사람도 없고, 마찬가지로 완전히 선하기만 한 사람은 없는 법이다. 타인에게 선의를 베풀 만큼의 사람이었으면, 언젠가 나와 제대로 된 이야기를 하게 되는 날이 올 때가 있겠지. 그때 서로가 혹은 내가 받는 소음 피해에 대해서 진술하게 이야기를 해 보자. 최소한 옆집 남자는 괴물이 아닌 사람이기는 했으니까.

저녁을 제대로 차릴 힘이 없어서 냉장고에서 김치를 꺼냈고, 라면을 부엌 찬장에서 꺼냈다. 냄비에

라면 한 개를 끓일 정도의 물을 넣고 가스불을 켰다.

우리 집의 모든 창문은 닫혀 있었는데, 가스 불빛이 바람에 일렁거리는 것이 보였다. 아무리 꽉 닫힌 창문이라 할지라도 아주 작은 틈이 있으면 그 틈 사이로 바람이 들어오는가 보다.

창문이 그럴진대 사람에게도 작은 틈이 있겠지. 그 틈으로, 아주 작은 여지로도 사람은 타인에 대해서 이해하는 것이 달라질 수도 있겠다, 나는 일렁이는 가스의 파란 불꽃을 보며 생각했다.

작가의 말

소설을 쓸 때 생각했던 건 '사람'입니다. 되도록 다양한 사람의 모습을 담고 싶었습니다. 읽으시면서 제 시도가 성공이라 판단되셨는지 궁금합니다.

재미없는 일은 그냥 재미가 없고
재미있는 일은 힘들어도 재밌습니다.
소설을 쓰며 힘들었지만, 재밌었습니다.
저의 재미가 독자의 재미로 닿길,
간절히 바랍니다.

앞으로 계속 제 소설책이 나올 예정인데
그때에도 잘 부탁드립니다.

읽으시면서 시간 써주셔서 감사합니다.

2024년 7월, 비가 억수로 내리는 날
권현우

틈

펴낸날 2024년 7월 31일

지은이 권현우

펴낸곳 출판사 닻

등록번호 제2024-000024호

주소 02450 서울 동대문구 이문로 107, 120호 (이문동)

메일 greenboy36@gmail.com

ⓒ 권현우, 2024, Printed in Seoul, Korea

ISBN 979-11-988316-0-6(03810)

본 도서는 서울시캠퍼스타운 사업의 지원으로 창업하여 제작되었습니다.